CONTENTS

Illustration

香坂 あきほ

ラルーナ文庫

魔王狐に、
若大神殿のお嫁入り

烏舟あや

三交社

魔王狐に、若大神殿のお嫁入り

本作品はフィクションです。
実際の人物・団体・事件などにはいっさい関係ありません。

【序】

アケシノは隣山にいた。

隣山の魔王と恐れられている神様と会う為《ため》だ。

隣山は鹿神山《しかがみ》と呼ばれているが、その山にそんな悪そうな奴が暮らしているなんて聞いたこともなかった。

だが、どうやら、その魔王とやら、近頃、人間を祟《たた》り始めたらしいのだ。

神仏が人間をこらしめることはままあるが、今回は祟りだ。

それもかなり手酷《てひど》いやり口らしく、同族である神仏や人外の連中ですらも「なにもそこまでせずとも……」と、遠巻きに怯《おび》えるほどらしい。

そいつがなぜそこまで人間を祟るのかは知らない。

だが、アケシノはその魔王とやらと話をつけて、鹿神山で行方知れずになった人間の子を返してもらう必要があった。

なぜ、赤大神のアケシノがそんな面倒を背負《しょ》い込んだのか……、という話だが、まぁ、成り行きだ。それ以上は説明のしようがない。

魔王とやらも、同胞に畏怖《いふ》されるほど手酷く人間を祟るくらいなのだから、人間を憎んでいるか、怒っているか、恨みに思っているか……、なにがしか思うところがあるのだろう。

ご機嫌取りは得意ではないが、行きがかり上、魔王を執《と》り成すことになったアケシノは鹿神山くんだりまで出向いたというわけだ。

魔王と対面するなり、アケシノは怒鳴っていた。

「……っんで、お前なんだ！」

「…………」

その男は、随分と冷たい表情でアケシノを見据えていた。

「なんでお前が人間を祟ってんだ！」

「だって人間が悪い」

問い詰めるアケシノに、その男は悪びれもせず言ってのけた。

その腕には、アケシノが探していた人間の子が抱かれている。

まだ小さな子供だ。

生気がなく、死んだような顔をして瞳《ひとみ》を閉じ、睫毛《まつげ》ひとつ動かさない。

「これは生《い》け贄《にえ》」

男は目を細め、口端を吊《つ》り上げる。

情のない瞳で、実につまらなさそうに、愚かな人間を嗤《わら》う。

もっと屈託のないお日様みたいな笑い方をすれば、この男はとても爽《さわ》やかな男前だろうに、まるで、この世の悪のすべてを煮詰めたような表情で笑う。

そして、その笑みは、この男の容貌《ようぼう》に恐ろしいほどに似つかわしかった。

人間を祟る凶神そのものだった。

「これ以上、ヒトを祟るのをやめろ」

「明日は、この山で一番大きな楠《くすのき》を倒し、崖《がけ》を崩す予定だ」

「それで人間が死んだら……、どうするつもりだ」

「さぁ」

「そんなことしたら、お前、自分がどうなるか分かってんだろうが！　やめろ！」

「アケシノが俺の嫁になってくれたら、やめてあげるかも」

「…………」

「うそ、やめない」

ぜったいにやめない。

ヒトという生き物は、俺によって、呪《のろ》い、祟られるべきだ。

「やめろ」

「大丈夫、君は心配しなくていいよ」

その男は、アケシノに優しく微笑《ほほえ》みかける。

ヒトへ向けて笑むのとはまったく異なる、彼本来の優しさをアケシノに向ける。

「……やめろ！　ヒトを殺すな！」

「なら、君が俺を止めるか？」

「……っ」

アケシノは歯嚙《はが》みして、拳《こぶし》を固く握る。

「明日は倒木と崖崩れだが、明後日《あさって》は大雨を降らせて川の上流を濁流に変える。明々後日《しあさって》は晴れにしてやるが、前日の大雨で地滑りが起きるだろうな。……さて、偶然、哀れにもたまさかそこにいた人間たちはどうなるだろう？」

「……やめろ」

「仕方ない。そうなるようなことをしたのは人間だ」

それはまるで暴君のような思考だった。

魔王と呼ばれても仕方のない非道な口ぶりだった。

「やめろ」

アケシノは戸惑いを隠さず、男を見つめ、同じ言葉を繰り返す。

「君が俺を止めるなら、俺は君とここで永遠に袂《たもと》を分かつ」

「意味分かって言ってんのか……」

「分かってるよ。アケシノと俺は永遠にずっと一生さよならってことだ。……君が、俺のすることを邪魔するなら」

「……ミヨシ」

「ねぇ、アケシノ……君はどうする？」

「俺、は……」

俺は、どうすればいいんだ。

俺は、この男をどうすればいいんだ。

アケシノはそれ以上の言葉も行動も思いつかず、禍々《まがまが》しくヒトを祟る魔物を見た。

何度見ても、やっぱりそこにいるのは、昔から知っているあの黒い狐《きつね》だった。

【1】

今から約十二年ほど前、シノオとネイエが出会った。

紆余曲折《うよきょくせつ》を経て、二人は一緒に暮らすようになった。

その頃、アケシノは、シノオ以外の十二匹の大神を率いて、まかみ岩で暮らしていた。

近所に住む信太狐《しのだきつね》とはかかわりを持たず、まかみ岩とまかみの原で餌《えさ》を狩り、枯れ草を食《は》み、流れの激しい川で魚を獲《と》り、皆で分け合って腹を満たす日々を送っていた。

ただ、餌を分け合いはするが、アケシノが最初に食べて、残りを仲間に与えていた。

最初に口をつけて、ひと口だけではあるが仲間よりも多く食べた。

誰《だれ》がこの群れのてっぺんであるか知らしめる為だ。

統率が取れなくなれば、……シノオのようにひとつ方法を間違えれば、アケシノもまたシノオの二の舞になるからだ。

「俺みたいになるなよ」

シノオは、アケシノにそう言って聞かせた。

シノオは優しいから群れを見捨てられず、自分だけが苦しんだ。

それを反面教師に、アケシノは、シノオとは違う方法で群れを率いていた。

それが上手く機能しているかと問われれば、返答に詰まる。

毎日が手探りで、力で群れを支配する時もあれば、年嵩《としかさ》の者の意見を仰ぐ時もある。

シノオとは違う方法をとろうとすればするほど、己の未熟さを知る。

シノオほど優しく、シノオほど強く、シノオほど気高い大神はいない。

アケシノは、シノオほど、大神としての矜持《きょうじ》を保ち続けられない。

毎日のように、その事実に直面する。

……時々、疲れる。

疲れて弱る姿は、誰にも見せられない。

そういう時は、お気に入りの水浴び場へ行く。

岩山と森に隠された小さな滝壺《たきつぼ》だ。水流はゆるやかで、滝の流水は糸のように細く繊細で、静かに水面《みなも》へと吸い込まれていく。

水深も浅いせいか、青く澄み渡り、滝壺の底まで見通せて、水を浴びるにも、喉《のど》を潤すにも最適な、穏やかな場所だった。

シノオとアケシノしか知らない、秘密の場所だ。

生まれて間もない頃、シノオに後ろ首を噛んで運ばれて、ここへ連れてきてもらった。

親子らしい思い出なんてまったくと言っていいほどないけれど、それだけは覚えている。

それ以外の記憶といえば、生まれたばかりの時に、血と羊水まみれのアケシノをシノオが舐《な》めて、抱いて、尻《しり》を叩《たた》いて、「たのむから、泣いてくれ」と泣いている姿だ。

ほかは、アケシノがシノオにひどいことをしている記憶しかない。

だからこそ、いま、シノオがネイエと一緒にいて幸せを感じているなら、嬉《うれ》しい。

アケシノではシノオを幸せにできないから、ネイエとつがいになってよかったと思う。

だが、どうしたものか……。

大神は、これからの身の振りようを考えるべき時期だ。

それが、シノオから惣領《そうりょう》の座を奪い取ったアケシノの責任だった。

「……っ」

考え込むうちに、深みに足を取られた。

ヒトの姿で水浴びをしていたアケシノは、水底の苔《こけ》むした石で足を滑らせ、頭まで水面下に沈む。いつもなら、このあたりには近づかないようにしていたのに、今日は考え事に気を取られていたらしい。

狼《おおかみ》の姿に戻って、岸まで泳いで……。

そう考えるのに、上手く体が動かない。

なんとなく、このまま水底まで沈んだほうが心地良い気がして、手や足を動かすことを億劫《おっくう》に感じてしまった。

「……！」

なにかに後ろ首を噛まれた。

やわらかい痛みと、それ以上の力強さで水面へ引き上げられる。

深みから抜け出ると、アケシノの後ろ首を噛んでいたなにかが口を放した。

「だいじょうぶ⁉」

真っ黒の毛玉が、アケシノの顔面にしがみついてきた。

ぺろぺろ、ぺしょぺしょ。小さな舌でアケシノの顔の水滴を舐めとり、「怪我《けが》してない？」と全身をくまなく確かめる。

「……なんだ、お前！」

腰から下だけ水に浸《つ》かったアケシノは、黒毛玉を顔面から引き剝《は》がした。

「すずです！」

アケシノに後ろ首を摑《つか》まれたそれは、ぺこっ、と小さく頭を下げた。

真っ黒の仔狐《こぎつね》だ。

だが、どこかで見たことがある狐だった。

「お前、シノオと一緒にいた狐だな？」

「すずは、おしのちゃんのお友達です。信太の御槌《みづち》と褒名《やすな》の十一番目の息子です。ちゃんとした名前は、とひすず、っていいます。……赤色大神さんのお名前なぁに？」

「お前に名乗る名は、……………アケシノ」

名乗る名はないと言いかけて、名乗った。

真っ黒の毛玉が、濡《ぬ》れ雑巾《ぞうきん》みたいになっていたからだ。

溺《おぼ》れているところをこの濡れ雑巾に助けられたのは事実だ。

助けられた相手に名乗るくらいの礼儀は、大神も持ち合わせている。

「あけちゃんは、おしのちゃんと同じ匂《にお》いがする」

すずは真っ黒の瞳をキラキラさせて、ふんふん、すんすん、小さな鼻を鳴らす。

「……シノオは俺の母親だ」

「じゃあ、あけちゃんは、おしのちゃんのおなかの子供のおとうさん？」

「アレは子供というより、呪いだ」

魂の入っていない肉の塊をシノオに孕《はら》ませたのはアケシノだ。

アレは、永遠に生まれてくることのない、シノオを苦しませるだけの呪いだ。

アレに魂を与えて、この世との縁を繋《つな》いで、心ある生き物として生きる為の命を与えることは、ネイエがする。

「シノオの腹の子のことを知ってるってことは、お前、それにまつわるネイエとシノオのことも、俺のことも知ってるな？」

「知ってるよ。……あけちゃん、ちっちゃいのにえらかったね」

「……ちっちゃいとはなんだ、ちっちゃいとは」

「だって、すず、今年で六歳。あけちゃんって生まれてまだ一年くらいでしょ？」

「そう、だが……。だが、お前より大人だ」

「見た目だけおっきいんだね。すずの一番上のおにいちゃんが今年十五歳なんだけど、あけちゃんは、それよりもうひとつかふたつ大きいおにいちゃんだね。見た目だけ」

「何度も見た目見た目見た目と繰り返すな」

「えらいえらい」

ぺろぺろ。まるで弟にするみたいに、すずはアケシノの頬《ほお》を舐める。

「だから、なにがえらいんだ」

「ちっちゃいのに頑張っててえらいね」

「…………」

すずの首根っこを摑んでいた手を放した。

濡れ毛玉が、ぼちょっ、と水に落ちる。

「ひどい！」

すずはすぐに水面から顔を出し、犬かきですいすい泳ぐ。

見たところ、すずはアケシノよりずっと小さな仔狐だが、アケシノよりも上手に泳ぐし、アケシノを助けるのも手慣れたものだった。

「あけちゃん、誰にもなんにも言わずに、生まれてからずっとおしのちゃんのこと守ってたんでしょ？　おしのちゃんが怪我して、弱ってて、動けなくて、ほかの大神さんから逃げられないから、おしのちゃんのこと、ずっと一人で守ってたんでしょ？」

「…………」

「だから、えらかったね」

おかあさんのこと、守ったんだね。

生まれてすぐの自分にできる方法で頑張ったんだね。

えらかったね。

たくさん怪我して、戦って、おかあさんを守った。

そのおかあさんから引き継いだものを、いまも一人で守ってる。

「別に、えらくない」

「えらいよ！　すごいよ！　すず、まだおかあさんに守ってもらってばっかりだもん」

「それはお前が小さいから……」

「うん。だから、小さいのにおかあさん守ったあけちゃんはえらいね」

濡れて重い尻尾《しっぽ》を振って、アケシノの腹から肩へよじ登り、すりすり、頬ずりする。

体の大きさも、年齢の大きさも、神様には関係ない。

どれだけ体が大きくても、どれだけ体が小さくても、子供は子供だ。

生まれて一年で、まるで十六、七歳に見えて、大人みたいな話し方ができて、大人みたいな体格でも。生まれて六年で、年相応の子供らしい話し方と見た目でしかなくても。どちらも、子供は子供。

「……あけちゃん、泣いてるの？」

こてっ、と首を傾《かし》げて、アケシノを見る。

「泣いてない」

「あけちゃん、いい子ね」

よしよし。やわらかい肉球でアケシノのほっぺをぷにぷにして、尻尾を腕に巻きつけ、狐の襟巻のようにアケシノの首筋に寄り添う。

「子供扱いすんな」

口ではそう言うけれど、アケシノはすずを引き剝がさなかった。

濡れて重たい毛皮なのに、温かかった。

「……あのね、ここ、また来ていい？」

「助けてもらった礼だ」

秘密の場所へ、すずの出入りを許した。

すずならシノオも許すだろう。そう思った。

それ以来、すずは、ちょくちょくこの滝へ顔を出すようになった。

この滝の水がおいしいから、母親に飲ませてやりたいらしい。

口ではそう言うが、この仔狐がアケシノを心配して通ってきていることは、じっとアケシノを見つめる様子から丸分かりだった。

こんな小さな生き物に心配されている。小動物にすら見くびられているようでアケシノは苛立《いらだ》ちを覚えたが、不思議と追い払う気にはなれなかった。

*

五年後。

十一歳になったすずは、年相応の見た目に成長した。

アケシノは五年前と変わらず、十六、七歳の見た目を維持していた。

もともと、アケシノは、シノオを孕ませる為に急激な成長の必要があり、一気にそこまで成長しただけで、そこから先は本来の成長速度に戻っただけのことだった。

先日、ネイエとシノオの間に双子が生まれた。

アケシノが孕ませた、あの、呪いだ。

ネイエはそれを五年かけて呪いではなく祝い事に変えた。

なかなか気概のある男だ。

「かわいいねぇ、ふくふくほっぺ、ちっちゃいおてて、産毛のお耳と尻尾、かわいいねぇ」

布団に寝かせられた赤子と同じように寝転んで、すずがにこにこしている。

かわいい、かわいい。飽きもせず眺め、双子がそろって欠伸《あくび》をすれば、「ちっちゃいお口かわいい、かわいい」と畳をのたうち回る。

下に六人も弟がいるすずは、双子の扱いにも慣れたもので、起きている時は上手にあやし、寝ている時は静かに見守り、寝かしつけも堂に入ったものだった。

すずの後ろで、アケシノはじっと正座してその様子を見ていた。

「まだ一回も双子ちゃんに会ってないの!?」

そんな驚きの言葉とともに、すずに手を引かれてこの家にやって来た。

ここはネイエとシノオの家だから、狼の姿ではなく人間に化けている。

狼のままだと脚はどろどろだし、毛皮だって汚れている。そんなナリで、よその新居には入れない。ましてや赤ん坊がいるのだから、身綺麗《みぎれい》なほうがいい。

「アケシノ君、足、崩したら?」

茶を運んできたネイエが、アケシノに声をかけた。

数えるほどしか話したことがないのに、ネイエは気さくに声をかけてくる。

アケシノはどう返事をしていいのかも分からず、また、どういう態度を取っていいのかも分からず、結局、正座のまま、双子とすずをじっと見ていた。

「あけちゃん、ほら、もっと近くで双子ちゃんにご挨拶《あいさつ》しよ」

「……いい。ここでいい」

「さっきからそればっかり！　こっちおいでよ」

「おい、すず……」

すずに手を引かれて、アケシノは中途半端に腰を浮かせる。

この仔狐、見た目に反して力が強いのだ。

「ほら見て、お鼻の形はおしのちゃんにそっくり。……ってことは、あけちゃんにもそっくり。成長にあわせて骨格も変わるって言うけど、将来、誰に似ても美人さんだね」

「……俺としては、ネイエに似て欲しいがな」

別室で昼寝をしていたシノオが姿を見せた。

産後、いくらか具合を悪くしていたが、ネイエの甲斐甲斐《かいがい》しい世話が功を奏したのか、いまは元気にしている。

「おしのちゃんはネイエちゃんのお顔が大好きだもんねぇ」

「この男、顔面と気概だけはイイ男だからな」

すずの言葉に、シノオが惚気《のろけ》た。

シノオには惚気ているつもりがなく、本気でそう思って、本気で褒めている。

これが天然なのだから、我が母ながら愛らしい性格だとアケシノは思った。

「おしのちゃんに似たら～、ぺろぺろ上手で、美人さんだね～」

「すずはシノオの顔が大好きだもんなぁ」

「うん、ぼく、おしのちゃんのお顔大好き」

ネイエの言葉に大きく頷《うなず》き、すずはシノオに頬ずりする。

すずの初恋はシノオだ。

誰が見ても分かるほどに、すずはシノオを慕っている。

シノオはきれいで、可愛《かわい》くて、面倒見がよくて、しかも、男前で、強くて、大神としての矜持を常に忘れず、気高く生きている。そのうえ、毛繕いと巣穴を作るのが上手だ。

初恋とはいえ、尊敬の念が大きいのかもしれないが、十一歳のすずが果たして恋と愛と尊敬の区別がついているかどうかは、アケシノには分からない。

そんなすずに、シノオは、「いずれ、お前も一生モノのつがいを見つけるから、それまで好きだの愛してるだのはとっておけ」と、すずに言い聞かせていた。

アケシノの前でも、すずは臆面《おくめん》もなく「すき」を伝え、シノオを慕う気持ちを隠さない。

同じように、ネイエを慕う気持ちも隠さない。

誰に対する愛も、すずは率直に表現する。

アケシノにも、同じように表現する。

けれども、すずがアケシノを慕う感情は、きっと、勘違いだ。

シノオと同じ匂いがして、シノオと同じ顔をしているから、無条件にアケシノに気を許しているだけだ。

アケシノがシノオに似ていなくて、過去に信太を襲っていた大神だという事実だけをすずに突きつけたら、すずはきっとアケシノを「すき」とは言わないだろう。

それに、アケシノは、シノオほど心身ともに強くもなく、優しくもない。

シノオと比べられたら、負ける。

「アケシノ、双子を抱いてやってくれるか？」

黙り込むアケシノの隣に、シノオが膝《ひざ》を下ろした。

「いや、俺は……子供の扱いは……」

「安心しろ。俺も一緒に支えてやる」

シノオの腕からアケシノの腕へ、小さな生き物がやってくる。

シノオの手に支えてもらって、恐る恐るアケシノが抱く。

アケシノの隣で、同じようにネイエに助けてもらいながら、すずが双子の片割れを抱いている。

すずとアケシノが双子を抱く姿に狐狼のつがいは目を細め、互いに寄り添うようにして、視線で言葉を交わしている。

幸せを、瞳のひとつで共有している。

こういう場面を見るのも、アケシノはなんだか居たたまれなかった。
シノオが幸せそうに暮らしていて、つがいを見つけて、子供を産んだ。
それはアケシノにとっても喜ばしいことのはずなのに、息苦しかった。
「……？」
アケシノの尻尾に、くるりとすずの尻尾が絡んできた。
すずを見やると、「みんないっしょ、しあわせね」と笑った。
返答に詰まった。
確かに、そうだ。
みんながしあわせなら、それはしあわせなことだ。
いま、ここにいる者は、誰も泣いていないし、血を流してもいない。
離れずにみんな傍《そば》にいる。
それはしあわせなことなのだろう。

＊

来年、すずは元服して名を改めることが決まった。
すずという幼名も使い納めだ。

長年、すず、と呼ばれて皆に可愛がられてきたから、いざ名を改めるとなると、なんだかさみしさもある。

けれども、すずには、それ以上の喜びがあった。

ちいさくてかわいいすずから、やっと卒業できるのだ。

名前ひとつでなにかが大きく変わるわけではないが、心持ちは変わるし、元服後の名前に相応《ふさわ》しい一角《ひとかど》の男になろうと決意も新たになるし、なにより、元服したら、「おすずさま」という愛らしい呼称ではなく、「若様」と呼ばれることになる。

大人の仲間入りができる。

すずには、それが大切だった。

形からでもいいから、すずは早く大人になりたかった。

好きな人に、一人前の男として見て欲しいからだ。

すずは、アケシノのことが好きだ。

それは、すずがシノオに抱いた幼い初恋とも、ネイエに抱いた憧《あこが》れとも違う。

出会った頃は、「おしのちゃんの子供！　すずも仲良くなりたい！　是非お友達に！」という子供らしい純粋な気持ちだけでアケシノを慕っていた。

でも、アケシノはちっともすずと遊んでくれなくて、傍にいることも許してくれなくて、時々、あの水浴び場で顔を合わせたら話をしてくれる程度で、素っ気なかった。

水浴び場以外の場所で会ったら、目も合わせてくれなかった。

すずの周りには、アケシノみたいな人がいなかった。

すずの周りにいる人は、笑っている人が多かった。

シノオですら、ネイエと一緒にいるようになって、はにかむような笑顔を見せてくれる。

ネイエとシノオの間に生まれた双子ですら笑うようになったのに、アケシノだけが笑っていなかった。

アケシノに笑って欲しくて、……笑ってくれなくてもいいから、せめて、すずが一緒にいる時くらいは肩から力を抜いて欲しくて、そう思って傍にいるうちにアケシノから目を離せなくなった。

だってアケシノはどんどん一人になっていくから、怖かった。

まかみの原の大神の数がだんだん減っていって、アケシノの家族が少なくなっていくのが気がかりだった。

まかみの原の大神は、病気や寿命などで、目に見えて数が減っていた。

アケシノとシノオを含めて十四匹しかいないのに、それがもっと減っていった。

それに対して、すずの家は兄弟がたくさんだし、家族もいっぱい。

数の多さが幸せの多さだとは言わないが、アケシノの傍にいる人がすこしずつ減っていくのは、つらかった。

シノオが、「一緒に暮らさないか」とか「せめてもうすこし近くに来ないか？」とか「それが無理なら、せめて顔を見に行く」とアケシノのもとへ通っていた。

食べ物を持って、雨の日も、風の日も、雪の日も通っていた。

シノオにとっては、双子同様アケシノも可愛い息子だ。

アケシノは、そんなシノオすら避けていた。

アケシノには守るべき群れがあるからシノオたちとは一緒に暮らさない。まかみの原とまかみ岩がアケシノの縄張りだからそこから離れない。親に毎日顔を見に来られては大神惣領としての威厳が保てない。餌は自分で確保するから不要。

そう言って追い返していた。

時には恫喝《どうかつ》のように吠《ほ》えたて、シノオを威嚇《いかく》した。

シノオはそれしきのことで怯《ひる》んだりせず、「まるで反抗期の思春期だ」とアケシノの傍から離れずにいたが、アケシノは余計に意固地になった。

アケシノは、見た目こそ十六、七歳だけれども、精神年齢は十二、三歳くらいだから、それこそ本当に、ちょうど反抗期なのかもしれない。

大人びた考え方のできる十二、三歳っていうのは厄介だ。

子供なのに、子供じゃない。

けれども、大人でもないから、無理が出てくる。

生まれてまだたったの六年なのに、見た目年齢と精神年齢と実年齢がそろっていなくて、ちぐはぐで、心と体の整合性が取れていない。

しかも、アケシノはまかみの原の赤大神の惣領だ。

大神の群れのてっぺんは、いつも孤独だ。

すずは、そんなアケシノを見るたび悲しくなった。

この人は、ずっとこうして一人で生きていくのだろうか……。

そう考えただけで、じわじわと涙が滲《にじ》んだ。

アケシノがどんどん一人ぼっちになっていくようで、自分から一人になることを選んでいるような気配もあって……、でも、すずはずっとアケシノの傍で黒い毛玉みたいに丸まって、じっと寄り添うしかできなくて、無力だった。

アケシノは、自分の心のうちをすずに打ち明けてはくれなかったけど、時々、そうして隣で丸まることは許してくれた。

血色の尻尾に、墨色の尻尾を絡めることを許してくれた。

すずは気が長い。

アケシノが一人じゃないと思えるようになるまで、ずっと傍にいようと決めた。

アケシノを守れるくらい強くて大きい子になろうと決意した。

だから、元服するのは、すずにとって喜ばしいことだった。

ひとつ大人になれるということだから、嬉しかった。

早く大人になったら、それだけ早く自由が増えるから。

できることが増えるから。

すずは、アケシノに頼ってもらえるような一人前の男になりたかった。

＊

すずが元服して、名を御祥《みよし》と改めた。

佳い名だ。あの黒毛玉が、もうそんな立派な名を名乗る歳《とし》になったのだ。

アケシノは、弟分の門出を喜んだ。

元服するなり、早速、ミヨシは修行に出た。

信太と繋がりのある神様のところへ弟子入りしたのだ。

それも、同じ神様のところでずっと世話になるのではなく、全国津々浦々を放浪し、その先々で一年から二年ほど住み込みで修行し、また次の場所で修行を積む。

もう何年もそんな生活を続けていて、信太村へは滅多に帰ってこない。

ミヨシは帰ってくるたびに背が伸びていて、顔もどんどん父親に似てきて、いつの間にか声変わりもすっかり終えて、アケシノよりもほんのすこし目線が高くなっていた。

でも、頭のなかは小さい頃からちっとも変わりがなくて、アケシノに対しても、「この子のことすき！　ずっと一緒にいたい！」と、幼いながらに抱いた感情そのままで育っていた。

誰に対してもそんな感じでいるから、十六にもなると女を勘違いさせることも数知れず。女だけでは飽き足らず、あの人懐こい笑顔で男も惑わす立派な人たらしに育った。

ただひとつ、四年ほど前から、ミヨシに変化があった。

ちょうど、ミヨシが元服した頃だ。

ミヨシが唐突にアケシノに求婚してきたのだ。

アケシノは、「こいつは元服しても頭のなかはママゴトしてる時のままだ」と呆《あき》れた。

「ミヨシはあけちゃんと結婚したいです！」

今日の晩ご飯は肉じゃががいいです！

そう主張するのと同じ温度で、求婚してきた。

感情が突っ走るがままに生きてるなぁ……とアケシノはやっぱり呆れた。

「俺の身長を追い越したら、まともに取り合ってやる」

ミヨシがアケシノを見上げている間は、取り合ってやらなかった。

それでもめげずにミヨシは求婚し続けてきた。

今年、十六歳のミヨシに背を抜かれた。

「これでまともに取り合ってくれるよね？」

「あぁ、まともに取り合ってやる」

「じゃあ……！」

「残念ながら、お前は俺の趣味じゃねぇんだよ。脈なしだ、諦《あきら》めろ」

思い切り振ってやった。

ミヨシは弟みたいなものだし、思考回路はまだ子供だ。

こうしてアケシノが振り続けていれば、いずれよそへ気移りするだろう。

子供の時分に抱いた好意を、恋と勘違いするのはよくあることだ。

そのうえ、アケシノはシノオの息子だ。

初恋相手と、初恋相手の息子を重ねてしまい、勘違いに拍車がかかっているだけだ。

いつまでも、つれない態度をとってやるのが、兄貴分の責任というものだ。

アケシノはミヨシよりも実年齢は年下だが、成長速度の都合でミヨシよりも精神年齢が上だ。それに、ミヨシはまだ修行中の身だが、アケシノはもう何年も大神惣領として立派に務めを果たしている。

アケシノには、分別というものがあった。

「そもそもお前は修行中の身だろうが。色事にかまけてる暇あんのか、ねぇだろ」

「………ご尤《もっと》もです」

ミヨシはアケシノの言い分に口を閉ざしたが、なんと、その後、十六からの丸三年、諦めなかったのだ。

三年間、修行先から毎日アケシノのもとへ通って求婚し続けたのだ。

馬鹿だと思う。

雨の日も、嵐《あらし》の日も、雪の日も、うだるような暑さの日も、毎日、毎日、毎日……。

やめろと言ってもやめず、修行が終わったらまともに取り合ってやるからと言ってもやめず、危ないからやめろと叱《しか》ってもやめず、「なら、通えるだけ通ってみろ。手始めに、あと百日だな」と百夜通《ももよがよ》いを何百日もさせた。

百日過ぎるごとに百日延ばしてやった。

百日ごとに褒美を与えるでもなく、終わりない百夜通いをさせた。

そのうちどこかで野垂れ死ぬんじゃないかとも思ったが、ミヨシは存外丈夫だったし、信太の頑固な血筋なのか、諦めもへこたれもしなかった。

これはもう好いた惚《ほ》れた腫《は》れたの問題ではなく、意地と根性で通っているな……と思う面もあったが、その根性だけはアケシノも舌を巻いた。

ミヨシは、意地と根性で三年間アケシノのもとへ通った。

世話になっている修行先から信太村まで一晩で往復できる距離だったのもあるだろうが、ミヨシはけっして諦めなかった。

逆に、その頃にはアケシノのほうが諦めていて、ミヨシの好きにさせていた。

ミヨシも、明け方までには修行先へ戻らないといけないから、「好き、結婚しよう」の言葉を、毎日毎日、手を替え品を替え伝えるだけ伝えると、アケシノの手を握りもせずトンボ帰りしていた。

ただ、その日だけは違った。

アケシノはいつものように縄張りを巡回していた。

その最中に、大烏《おおがらす》と遭遇した。

随分と大きな烏神で、翼を広げると、真昼が夜になるほどだった。

大神の縄張りにさえ侵入しなければ、こちらから警告を出すことも、危害を加えることもしない。だが、その大烏はアケシノの姿を見つけるなり滑空して急降下し、アケシノの前へ降り立った。

「メスの赤大神……」

そう言うなり襲いかかってきた。

正確には、烏の翼手を持つヒトの姿でアケシノを押し倒してきた。

狼の姿だったアケシノは、「俺はオスだ」と答え、ヒト形に化けて教えてやった。

すると、烏は大笑いして、「なにを言う！　貴様は立派なメスよ！」と、両翼でアケシノを組み敷いた。

そこから揉《も》み合いになり、着物の裾《すそ》を割られ、肌を右の翼手で撫《な》でられ、左の翼手で頭を土に押さえつけられた。

「生まれて何年だ？　うん？　まだ若いな。いつ代替わりした？　先代はどうした？　シノオという名の、貴様よりもずっと気位の高い、血色の大神がいただろう？」

「……っざけるな！」

「ほら、もっと懸命に抵抗をしろ。先代のようにな。あやつは俺の右眼を食い潰《つぶ》したぞ？」

力で敵《かな》わない相手だった。

だが、かつてのシノオはこの大鳥を撃退できたのだろう。

いまのアケシノでは無理なことを、過去のシノオはやってのけたのだ。

「はてさて、鳥の種で狼は孕むのか……。腹の膨れた狼を嬲《なぶ》るのは愉快だろうな……」

隻眼の鳥が舌なめずりする。

「……っ」

オスの熱を、内腿《うちもも》に押し当てられる。

着物越しでも分かるほどに、発情した鳥獣の匂いがした。

「人の嫁になにしてんだ」

ちり……、と鈴の音が鳴った。

途端に、アケシノに覆いかぶさっていた大鳥が殴り飛ばされた。

「たたりすず！」

大鳥は、木の幹にぶつかる寸前で翼手を使って空に飛ぶ。

「名を改めた。いまはミヨシだ。大鳥、貴様、人の嫁に手を出したんだ、相応の覚悟があってだろうな。ケンカなら買ってやるから降りてこい」

ミヨシは空を見上げ、大鳥へ向けて名乗る。

「貴様が上がってこい！　飛ぶこともできぬ狐めが！」

大鳥が叫ぶなり、ミヨシはひとつふたつその場で助走をつけ、跳躍するように大きな一歩で走り、木の幹を三つ四つ駆けて飛ぶと、大鳥よりも高く跳ねた。

瞬《まばた》きする間に、ミヨシが大鳥の右翼を捥《も》いで、落下させる。

ミヨシはまるで綿毛のように着地すると、大鳥の頭を踏みつけた。

「右の翼、右眼とそろいにしてやったが、……左もそろいにして欲しいか？」

「この黒鈴《くろすず》めが！　……貴様の悪名、その名の通りいずれ貴様に返ってくるぞ！」

「ほざけ鳥、祟るぞ」

ミヨシが足を放すと、大鳥は片翼を羽搏《はばた》かせ、己の巣へ逃げ帰った。

大鳥の姿が見えなくなると、ミヨシはいつもの笑顔と優しい声で、「あけちゃん、だいじょうぶ？」とアケシノに駆け寄った。

「……ミヨシ?」

「そうだよ。怪我してない?　今日は来るのが遅くなってごめんね」

「大鳥は……」

「あの怪我だと、まぁ百年単位で大神の縄張りには来れないよ」

「……?」

「たたりすず」

ミヨシはそう言うと、飛んで跳ねた時に着物の外へ出たお守りを懐へ戻す。

昔からずっとミヨシを守ってきたものだ。

それは、シノオの血で書いた守り紙の入ったお守りで、銀糸で縫われている。

ミヨシは、それを竜の鱗《うろこ》で縒《よ》った紐《ひも》に通して首から下げていた。

そのお守りには小さな黒い鈴がつけてあって、それもまた、生まれた時からずっとミヨシのお守りだった。

昔はもっと金の色をしていたらしいが、修行するにつれて、黒い鈴になったらしい。

その黒は、おそらく父親譲りだろう。

ミヨシの父もまた、黒御槌として恐れられている。

「滅多に鈴なんか鳴らさないんだけどね」

黒鈴は、守り鈴で、祟り鈴。

ミヨシの守りたいものを守り、祟りたいものを祟る。

アケシノを守り、大鳥を祟る。

あの大鳥は、己の営巣に辿《たど》り着く頃には、もう二度と飛べなくなっているだろう。

「もうあいつが来ることはないけど、おしのちゃんにもちょっかいかけてたみたいだし、ネイエちゃんにも教えてあげないと……」

「………」

アケシノは、ミヨシを見上げる。

月夜に、見慣れぬ男の横顔が映える。

真っ黒な瞳で、アケシノに見せたことのない冷酷さをまとい、物を思う。

「……あけちゃん？　ほんとに大丈夫？　あけ、アケシノ、……アケシノ！」

「ひ、ゃ……っ」

ミヨシに肩を抱かれた瞬間、電気が走った。

「ごめん、痛かった？　やっぱり怪我……」

「っ、ゃ……めっ、ミヨシ、……！」

触れられるたび、ぴりぴり、甘い痺《しび》れが走る。

ミヨシの爪先《つめさき》が触れただけで、ぎゅっと下腹が締まった。

見知らぬ感覚に戸惑い、反射的にミヨシの服を摑む。

地べたに座り込んだ尻が土くれに触れて、太腿が湿った草叢《くさむら》に冷えて、脹脛《ふくらはぎ》に小石の感触を感じて、なぜか、陰茎が熱を持った。

「……？」

頭のなかで、ぐるぐると疑問が渦巻く。

なんだこれは、なにが起こった、なんでこんなことになっている。

これは一体なんだ。

言葉にならない感情が勝手に溢《あふ》れて、涙が出そうになって、心臓がとくとくと早鐘を打ち、息が上がって苦しくて、気づいたらミヨシの懐に縋《すが》るように抱かれていた。

肩や腰にミヨシの手が触れると、その熱に触発されて、体温が上がる。

身をよじると腰骨や尾てい骨が疼《うず》いて、それでまたひとつ体温が上がる。

「アケシノ」

「……っ」

名を呼ばれて心臓が跳ね、ぎゅっと目を閉じた。

名を呼ばれただけで、腰が抜けた。

「発情しちゃった？　ごめんね？」

「は、はつ、じょ……」

呂律《ろれつ》が回らなかった。

それどころか、ミヨシに支えてもらわなければそのまま地面に倒れ込んでしまうほど体から力が抜けて、火照《ほて》って、ミヨシの声以外聞こえなくなっていた。

夜の森は、鳥や虫、風、いろんな音がして騒がしいのに、ミヨシの声しか聞こえなくなっていた。

「アケシノ、男の子のほうはもう迎えてるんでしょ？　おしのちゃん孕ませたくらいだし。……でも、女の子のほうはまだだったんだね」

「……お、んな」

「孕める体になるほうの発情期。大神惣領ってことは、そういうことでしょ？」

子孫を遺す為の大神。

それが惣領だ。

「……うそだ」

「嘘《うそ》じゃないって」

「……ちがう、そうじゃない、だって俺はシノオを孕ませたんだぞ」

「オスも機能してるってだけだよ」

「だからって、なんで……いま……急に……」

自分のなかのメスの部分が反応するんだ。

これじゃあまるでミヨシがかっこよくて発情したようなものじゃないか。

メスがオスに惚れて、恋に落ちて、生殖を許すようなものじゃないか。

「なんで泣くの？　お祝い事なのに」

「泣いてない！」

がう！　牙《きば》を剝《む》いて威嚇する。

そんなはずない。

そんなわけない。

己の感情を拒む。

自分の意志とは無関係に溢れる涙を吞《の》み、喉を使わずに鼻を啜《すす》り、こみ上げてくる感情を押し留《とど》め、奥歯を嚙みしめ、結局はその片鱗《へんりん》がすこしばかり漏れて……、声もなくしゃくりあげてしまう。

「アケシノって、しくしくめそめそ泣くタイプだったんだね」

「横、文字を……っ、使うな……」

「ごめん。でも、めちゃくちゃそそる」

「……おまえ、なぁ……」

怒鳴りたいのに、怒鳴る声も甘くなって、語尾が弱る。

「ごめん、でもうれしい。俺で発情してくれてありがと」

「さわんな……」

「大丈夫、手は出さない。だってアケシノ、まだ俺のこと本気にしてくれてないでしょ？」

「…………」

「だから、触らないし、手も出さない。縄張りに連れて帰るのは危ないから、今夜は俺と一緒に夜を過ごして、そのあと、おしのちゃんとこに送ってく」

「…………」

「よかったね、初めての発情相手が俺で」

群れのなかで発情していたら、シノオの二の舞だ。

ミヨシは爽やかな笑みでアケシノに微笑む。

「俺と一緒にいたら、守ってあげられる」

「…………ち、くしょう」

アケシノは逃げるにも逃げられず、一晩ずっとミヨシに抱きしめられて過ごした。

それはそれで生殺しだった。

オスの発情は自分で処理できるが、メスのほうは後ろに種をつけてもらわねば収まらない。

それを分かったうえでミヨシは手を出してこなかった。

アケシノは一晩中ずっと目の前のオスに否応なく発情させられ続けた。

【2】


手土産《てみやげ》は、花梨《かりん》。

そのままでは食べにくいが、蜂蜜《はちみつ》漬けにしたり、洋酒に漬けたり、煮詰めて甘露にすれば、冬の保存食にもなる。

アケシノはそんな面倒なことしないが、ネイエあたりがやるだろう。

あの男は家事全般が不得手と聞くが、シノオや息子の為になら骨身を惜しまず尽くす男だ。

アケシノは、鹿神山近くの原っぱにいた。

ここは、信太狐と赤大神それぞれの縄張りに接する土地だ。

ここの領主は穏やかな鹿神で、この場で寛《くつろ》ぎ、休む者を、何人《なんぴと》も拒まぬ。

そのせいか、時折、礼儀を弁《わきま》えずに土地を荒らしたり、我が者顔で闊歩《かっぽ》したり、この土地で生きて死ぬ森羅万象に危害を加える不届き者が現れる。

そういった者には、さすがの鹿神もできる限り穏やかな方法でお引き取りを願っていた。

鹿神は、良く言えば穏やかな気質の持ち主であったが、単なる面倒臭がりでもあった。

独り静かに眠るように暮らすのが好きな神で、殺生を嫌い、信太とも最低限の付き合いしかせず、大神とはまったく行き来がなかった。

そのうえ、鹿神の領地に狐が入ろうと、大神が入ろうと、礼儀さえ弁えていればなにも言ってこなかった。

「邪魔をするぞ、鹿神」

アケシノはひと言断りを入れて、花梨を三つほど境界線に置く。

境界線の向こうの原っぱでは、ネイエとシノオ、双子がひなたぼっこをしていた。

「ぁーにーちゃ！」

「ぁえちのちゃん！」

双子はアケシノを見つけるなり駆け寄ってきた。

短い尻尾を揺らして、短い手足で一所懸命走ってくる。

双子は生まれて七年になるが、そのわりに幼い。

見た目も、喋《しゃべ》り方も、精神年齢も、幼児だ。

それはきっとこの双子たちが、まだまだもっと子供のままでネイエとシノオに可愛がって欲しいと願うからだ。

それに、神様の子供はゆっくり成長するから、こんなものだ。

「双子、よだれ」

足もとからよじよじ、双子によじ登られ、首筋や顔面を二匹の尻尾でもふもふされる。

肩と頭に程好い重みを感じながら、双子が落ちないように尻を持って支えてやる。

双子は、アケシノに会えた喜びのあまり毛繕いを始めた。

短いちっちゃな舌で、一所懸命、ぺろぺろ。

だいすきなおにいちゃんに、めいっぱいの愛情をこめて毛繕いをする。

それが分かっているから無下にもできず、アケシノはなされるがまま双子の洗礼を受け、シノオのもとへ歩いた。

「母上、加減は如何《いかが》か」

「あぁ、大事ない。こっちへ来い、アケシノ」

シノオが手招きして、アケシノに隣に座れと誘う。

「いえ、今日は良い花梨を見つけたので持ってきただけです。そこのヤニ下がった金銀狐に預けておきますので、ご賞味ください」

アケシノはネイエに花梨を押しつけると、くるりと踵《きびす》を返した。

「アケシノ」

「そこの黒鈴が不在の折にまた参ります」

呼び止めるシノオに頭を下げ、双子の後ろ首を摑んで地面に下ろす。

「ぁえちのちゃ……、いっちゃうの」

「ぁーえにーちゃ、あそんで……」

「また今度な」

アケシノは、追いかけてくる双子の頭をぐしゃりと撫でて、足早にその場を後にした。

＊

「アケシノ君とケンカしたの？」

山盛りの花梨を抱えたネイエが、隣に座るミヨシを見た。

「こないだの大鳥の一件から、仲良くしてもらえないんだよね」

怪訝《けげん》な表情のネイエに、ミヨシは苦笑で返す。

「大鳥から助けただけでしょ？」

「うー……ん、俺は悪くないはずなんだけど、あけちゃんの沽券《こけん》にかかわる問題ではあったと思う」

「ミヨシ、お前は親父《おやじ》殿に似て、強引で押しの強いとこがあるから、気をつけなよ」

「うん。……たまにちょっと加減間違えるから気をつける」

ミヨシはネイエの忠告を素直に聞き入れた。

「ミヨシ」

「なに？」

ミヨシは、双子を膝に乗せたシノオへ向き直る。

「久方ぶりの里帰りだ。俺たちとはまた話す機会もある。まずは信太でゆっくりしろ」

「実家にはさっき顔見せてきたから大丈夫だよ」

ミヨシは、二年ぶりに実家に帰った。

十二歳で元服してから六年。

ほとんど信太村の外で生活していて、この半年ほどは人間の世界とこちらの世界を往復する日々を送っている。

棲《す》み処《か》を転々としているせいか、家族の誰もミヨシの所在を把握できず、時折、ミヨシから手紙がきて、「あいつ、いまここにいるのか」と知るほどだった。

年末年始に帰ることもなく、なんでもない日にふらりと帰ってくるものだから、みんなを驚かせることもしばしばだ。すぐ上の兄には、「そのふらふらしてるとこ、ネイエちゃんそっくり」と呆れられている。

事実、兄の言葉は、的を射ているのかもしれない。

ミヨシは父母を尊敬しているけれど、それと同じくらいネイエとシノオのことも尊敬していた。

それぞれに見習うべきところがあって、それぞれに学ぶものがある。

その四人を見て育ったいま、誰の生き方が好きかと問われれば、「ネイエちゃん」と即答するくらいには、ネイエの生き方に魅力を感じている。

魅力を感じているだけで、それをそのまま踏襲するつもりはない。

いずれは父母のような生き方に落ち着くかもしれないし、シノオのような生き方を選ぶかもしれないし、まったく違う生き方を見つけるかもしれないが、この長い人生、いろんなことに挑戦してみる予定だった。

「アケシノ君が怒った理由分かった」

「なに、ネイエちゃん」

「大鳥の一件だけじゃなくて、順番だよ」

「……？」

「ミヨシ、お前さ、……実家、じいさんばあさんち、おたけさんち、うちの家って回って、そのあとでアケシノ君とこへ行く順番にしただろ」

「うん」

「好きな子には一番に会いに行かないと」

好きな子は、常に優先順位の一番にしないとだめだ。

その子と恋人っぽい雰囲気になっているなら、尚更《なおさら》だ。

「そんな小さいことであけちゃんが拗《す》ねるかなぁ？」

「うちのアケシノは、あぁ見えてまだ十二歳だからな」

シノオが親の顔で苦笑する。

「そんでもって、頭と心はミヨシと一緒くらいだしね」

「俺と一緒？」

「十八歳、多感な時期。……ほら、人間で言うところのアレだ、高校三年生」

人間社会に馴染《なじ》みのあるネイエが、「高校生同士の恋愛って可愛いのに厄介だよねぇ」としたり顔で頷く。

シノオにはその感覚はピンとこないらしいが、近頃、人間社会に出ることも多くなったミヨシはなんとなく分かった。

なんせ、同じようなことを母親にも言われていたからだ。

「十八歳、ミヨシももう高校三年生か〜……、お母さんが高校生の時にお父さんと出会ってたら絶対胡散臭《うさんくさ》いって思って恋愛にならないけど、高校生の御槌さん見てみたかったなー……一緒に文化祭とかさぁ、放課後の夕焼け一緒に見るとかさ、憧れるじゃん？　ミヨシ、頑張れよ、青春って一瞬だぞ。お母さん、高校生の時ほとんどバイトだったから。あと、学生の時の恋愛ってマジでほんと後悔のないように、それでいて相手を傷つけないように大事にしないと、あっという間に終わっちゃったり、ずっと尾を引く時あるからな、気合い入れろ」

妙に力の籠《こも》った手で肩を掴まれ、いつになく真剣な様子の母に諭された。

高校三年生と同じ年齢だという実感はなかったが、とにかく、色恋というものは気合いを入れて望まねばならぬ真剣勝負だということはミヨシにも分かった。

「おしのちゃんとネイエちゃん、明日から旅行でしょ？」

「あぁ」

「りょこう!!」

「ミヨシもいく!?」

双子がミヨシの懐に飛びこみ、がじがじ、ミヨシの耳を齧《かじ》る。

ミヨシの帰郷と入れ替わりで、ネイエとシノオと双子は旅行に出かける予定だった。

双子が旅行したいとねだったかららしい。

アケシノも誘ったらしいが、「親と旅行する年じゃない」と思春期みたいなことを言って断ったそうだ。

誘われた時は、尻尾がぱたぱたして、ちょっと嬉しそうだったけれど、その実、「ミヨシが毎日通ってくるのに、俺が旅行に行ったら可哀想《かわいそう》だ」というのが本音らしい。

「ミヨシもいこ？」

「ねーねがおべんと作ってくれるよ！」

「ミヨシは行かないよ」

「なんで⁉」

「どうして⁉」

「一緒に行ったら、ずっとだっこできるよ⁉」

「お布団も一緒に寝てあげるよ⁉」

ずっと双子をだっこして、寝る時も双子と一緒だよ？

産毛のふぁふぁがずっと一緒にいるよ？

なのに一緒に旅行に行かないの？

「ミヨシにいちゃん、こっちでやることあるんだ」

「それ、ぜったいにやらないとだめなこと？」

「そう、絶対にやらないとだめなこと」

「りょこうよりも大事の大事？」

「大事なんだ。ごめんね。旅行もしたいんだけど、それはまた今度。……ネイエちゃん、おしのちゃん、気をつけて行ってきてね」

「あぁ。……すまんが、アケシノを頼む」

「おみやげ買ってくるね」

「うん、楽しみにしてる。じゃ、ちょっと行ってきます」

ネイエに双子を渡して、ミヨシは立ち上がった。

久しぶりの里帰りだ。今日は、「好きだ愛してる結婚しよう」と大急ぎで伝えてトンボ帰りせず、ずっとアケシノの傍にいられる。

傍に置いてもらえるかは分からないけれど、いつもより長くアケシノの近くにいられることがミヨシは嬉しかった。

＊

雨が降っている。

ここのところ、ずっと雨だ。

先日、ミヨシが帰ってきた日だけは狐の嫁入りで、そこから数日はよく晴れたが、ここ何日かは、またずっと雨が止《や》まない。

アケシノは、まかみ岩の外れにいた。

まかみ岩は、大きな岩石がいくつも連なってできた岩山だ。

鋭利に尖《とが》った剝き出しの岩肌が特徴で、岩盤は堅く、草木の生い茂る余地はない。

だが、まかみ岩の外れともなると、鹿神山と接していて、そちら側は多少なりとも草木が生い茂っていた。

鹿神の領地へ近づくほど森林の様相を呈し、岩肌ではなく土の斜面が広がっている。

近頃、そのあたりを人間が出入りしていた。

そこは大神と鹿神の縄張りだったが、人間には関係のない話なのだろう。

測量技師だとかいうのがうろうろしていて、山を切り崩す下調べをしていた。

鹿神山のさらに向こうの山では、もう工事とやらが始まっているらしい。

あちこちの神様が、……もちろん、黒屋敷の御槌も含めて寄り集まり、「また住む場所が少なくなる」と嘆き、対策を考えているそうだ。

アケシノは、その集まりに呼ばれていない。

大神は、そういう互助会的なところに入っていないし、これからも入るつもりがないから、呼ばれなかったし、寄せてもらうつもりもなかった。

親切な金銀狐……、もとい、お節介な金銀狐が、「君の為じゃない、シノオの為だ」という体でアケシノに情報をくれていた。

余計な世話だったが、アケシノが人間の周りをうろついて情報を得るだけでは足りなかったから、実のところ助かっていた。

シノオなら、敵から塩をもらうような真似《まね》はせず、自分一人で情報収集もやってのけるだろうが、アケシノにはそこまでの実力も経験もない。

アケシノは、縄張りを守る為なら、使えるものは使うし、得るものはなんでも得る方針だった。

そのあたりが、自分とシノオの違うところだ。

シノオよりも弱いところだ。

でも、そうしなければ、守れない。

それに、なんとなくではあるが、まかみの原にも人間の手が及ぶであろうことや、まかみ岩でももうすぐ暮らせなくなるであろうことに気づいていた。

確証はないが、単なる勘でもない。

おそらくそうなるであろうという明白な現実が、目の前にあった。

先日、アケシノの住み暮らす目と鼻の先で、人間が地鎮祭をしていた。

アケシノは、人間社会の文化文明に疎かったが、ミヨシが向こうの世界について手紙を書いて寄越すし、人間に化けるうえで多少は人間について学ぶから、なんとなく分かることもあった。

地鎮祭は山の中腹あたりで執り行うらしく、小雨の降るなか、大勢の人間が山を登っていた。けっこうな人数で、工事に携わる作業着の男たち、スーツの男が何名か、建設業者の社長夫婦とその社員がその場にいた。

急勾配《きゅうこうばい》の斜面や岩肌を、大人に混じって一人の子供がせっせと登っていた。

その一団のなかで唯一の子供だったから、アケシノの目に留まった。

とても小柄で、シノオのところの双子と同じくらいに見えた。

どうやら視力もかなり悪いらしく、剝き出しの岩肌に小さな手をついて支えにし、手探りで足場を探していた。

動きがとろくさいのは、目が弱いせいだろう。

人間は目に見えるものだけを信じて生きているから、目が見えないと不便だ。

人間の世界には眼鏡《めがね》という便利な物があるのに、それを使っていないのが気になったが、それこそアケシノの知ったことではないと無視した。

子供の両親は、建設会社の社長夫婦のようだった。

彼らは、己《おの》が子に手を貸さず、一緒に山を登っている作業着の他人のほうがまだその子を気にかけるくらいだった。

そんな人間どもだったが、わりとまともな神職に頼んだようで、地鎮祭はそれなりに立派なものだった。

だが、神妙な面《つら》をして目を閉じて祈る者のなかには、不届き者もいた。

無事故を祈るどころか、ちっとも祈らずに、捕らぬ狸《たぬき》の皮算用ばかりしていたり、出世の算段ばかりしている者たちがいた。

建設業者の社長とスーツの中年男は、特にそれが顕著だった。

思い入れが強いと言えば聞こえはいいが、要は、邪念やら我欲やらにまみれた煩悩の塊で、アケシノのほうにまでその強欲が伝わってきて、気分が悪くなった。

これだから、人間は醜い。

ただひとつ、醜い欲にまみれた地鎮祭のなかで、小綺麗なものがあった。

「お山のかみさま、こんにちは」

両手を合わせて、その子は挨拶から始めた。

大人に混じって一所懸命山登りをしていた子供だ。

めいっぱい難しい顔をして、「お山のかみさま、お山に住んでる動物さん、鳥さん、お花さん、虫さん、工事をさせてください。車で、お山を通らせてください。おっきな音でびっくりしたらごめんなさい」と祈っていた。

まともにこの山のことを考えているのは、この子供だけだった。

この子が一番しっかり祈っていて、その清廉な心持ちはアケシノにも届いていた。

神職のあげる祝詞《のりと》を聞く限り、これからアケシノの暮らす周辺にも人間の手が入るらしい。この山だけではなく、この山の前後を含めたかなり長い距離で山を切り崩し、森林を切り拓《ひら》き、岩盤を砕き、新しい高速道路とやらを通すそうだ。

これからは、毎日こいつらがここを出入りするらしい。

……必要ならば、彼らを追い出さなくてはならない。

だが、アケシノは、基本的に人間には手を出さないことにしていた。

手を出したところで、なにも得るものがないからだ。

アケシノには、もう守るものがないからだ。

棲み処を失ったところで困るのはアケシノ一人。

いまさら、人間を襲って追い出す必要がない。

そういうことは信太狐がやるだろう。

あちらは守るものがたくさんあるし、人間を襲わぬ賢いやり方で、それとなく人間を追い払うのが得意だ。

地鎮祭を終えると、建設会社社長とスーツの中年男が笑顔で会話を始めた。

スーツの中年男は、「松末《まつすえ》君、よろしく頼むよ」と建設会社社長の肩を叩き、「はい。これも先生のお陰です」と社長のほうも明るく答えていた。

だが、二人ともが、「これで地元の後援会にも面目が立つ。次の選挙資金もなんとかなるだろう」とか「これが成功したら次は国交省のあの入札を……」といった心のうちに潜む金と出世への執着が駄々漏れだった。

スーツの中年男は人間社会ではそれなりの地位にあるようで、「先生」と呼ばれ、ほかのスーツの男たちが平身低頭して太鼓持ちをしていた。

人間たちがその場で談笑を始めると、再び雨足が強くなり、彼らは急ぎ足で下山を始めた。建設会社の社長は、「カイリ、早く歩きなさい」と息子に命令し、母親のほうは、「いやだわ、ヒールがこんなに汚れて……」と息子に見向きもしない。

子供のほうはといえば、ぬかるんだ斜面をえっちらおっちら歩き、懸命に大人の後ろを追いかけている。

そうする間にも、次第に雨は強くなり、気温もぐっと下がり、霧が立ち込め、目の前を歩く人間の背も朧《おぼろ》げになるほど天候は崩れていった。

すると、子供だけが遅れ始めて、下山する列の一番後ろになった。

何名かの大人が気にかけていたが、彼らも慣れない悪路に苦戦し、気づけば子供を気遣う余裕も失くしていた。

一歩間違えれば、彼らのほうが足を滑らせて、滑落する危険があったからだ。

あのガキ、そのうち転ぶだろうな……。

アケシノが彼らの後ろを追っていると、案の定、その子は窪《くぼ》みに足を取られて転んだ。

頭から前のめりに転び、ころん、と山肌を一回転する。

一回転する勢いが止まらず、下り坂を転がっていく。

アケシノは、その子の前に回り込み、自分の背中で受け止めた。

もふっと毛皮に顔を埋《うず》めた子供は、目の前いっぱいの火の色に目を丸くしている。

姿は見えないようにしていたが、どうやらこの子供、目は悪いがアケシノの姿は見えるらしい。アケシノが「お前は目がいいな」と褒めると、きょとっとした顔でアケシノの尻尾を鷲摑《わしづか》んだ。

「痛い。加減をしろ、加減を」

尻尾を左右に振って手を振りほどくと、その子の後ろ首を噛んで助け起こした。

子供は、両膝や額、頬を擦り剝いていて、血が滲んでいる。

アケシノが、がぅ！　と口を開いて牙を見せると、子供は怯えた様子もなく、ぽけっと間抜けな表情で「赤いわんわん」とアケシノの頭を撫でた。

「わんわんじゃねぇよ」

子供の膝を舐めてやる。

ふにゃふにゃとその子が笑うので、額と頬も舐めてやる。

アケシノには傷を癒《いや》す力はないが、代わりに引き受けてやるくらいの力はある。

「立て」

「うん」

両手を地面について、その子は、よいしょ、と立ち上がる。

「歩け。とっとと行け」

「ありがとございます。ばいばい」

その子はアケシノに手を振って歩き始めるが、よたよた、とろとろ、見るからに危なっかしい。

「あぁクソッ、忌々しい！」

　アケシノは、二、三歩駆けてその子に追いつくと、また首の後ろを噛んで自分の背に乗せた。

「……わんわん、ふかふか」

「とっとと俺の山から出てけ。その為に背中を貸してやるだけだ、勘違いすんな」

「わんわん、速い」

「わんわんじゃねぇっつってんだろうが。おい耳を引っ張んな、それは操縦桿《そうじゅうかん》じゃない」

「みぎ～、ひだり～……」

「右にも左にも行かん！」

　この子供、のんびりおっとりした性格のようで、アケシノの言うことをちっとも聞かない。

「わ！　君どこにいたの!?」

　下山する列の先頭が入山口に到着する頃合いを見計らって、アケシノは子供を下ろした。列の一番後ろにいた子が誰よりも早く入山口で待っていたのだ。

　彼らが驚くのも当然だろう。

　子供は、「わんわん、車みたいに速い」とにこにこしながら、作業服の男に泥汚れを拭《ふ》いてもらっていた。

　それを見届けてから、アケシノは山へ帰った。

＊

鹿神山とまかみ岩の境界線で、工事が始まった。

アケシノは、何度かその工事現場や山の切り崩し作業などを見に行った。

連日の雨だったが、工期とやらは待ってくれないらしく、小雨程度ならば作業は止まらなかった。

人間がどういうことをしているのか確認すべく、かなり近くまで接近もしたが、人間臭いし、油臭いし、鉄臭いし、鼻がひん曲がりそうだった。

しかも、あまり良い労働環境ではないらしく、具合の悪そうな作業員が何人もいた。

「……っくしゅ！」

アケシノはくしゃみをして、ぶるっと左右に顔を振る。

「風邪《かぜ》？」

そんな言葉とともに、ミヨシが顔を見せた。

「虫の報《しら》せだ」

「なんの虫？」

「お前が来るって虫の報せ」

ミヨシがまかみ岩を訪ねてくるのは、ここ最近毎日のことだった。

久方ぶりの里帰りとやらでミヨシが信太村にいる間は、アケシノのもとへ足繁《あししげ》く通ってくるつもりらしい。

「拗ねてないで、そろそろ機嫌直して」

「拗ねてねぇよ」

「とか言って、こっちも向いてくれないし……。会いにくる順番が最後だったから怒ってるの？」

ミヨシは、アケシノのねぐらに勝手に入ってきて、手土産の饅頭《まんじゅう》を自分で食べる。

「何年もまともに帰ってこなかったくせに」

「そっちに怒ってるんだ？　でも、毎日結婚しよって言いに通ったじゃん」

「そういう問題じゃねぇよ」

「近況報せる手紙も出したし、あけちゃんだって返事もくれたじゃん」

狼の肉球ハンコを、ぽん！　と押しただけの返事だったが、それだけでもミヨシは嬉しかった。

「勘違いすんな、返事は礼儀の問題だ」

ただ、それも、アケシノにしてみれば、ミヨシを六歳のすずだった頃から知っていて、弟のように思っているから、手紙を無視できなかっただけだ。

「どうしたら機嫌直してくれる？　直したくない？　それでもいいよ。俺、当分は信太村で過ごすからさ、毎日ご機嫌取りしにくる」

「隣に立つな」

「あけちゃんより背が高くなかったのはもうしょうがないじゃん。許してよ」

「……ふん」

ミヨシの手の饅頭にかぶりついて、そっぽを向く。

弟分の分際でアケシノの断りなしに勝手に自立して、勝手に背を追い抜かして、勝手に体の厚みをごつくして、いっぱしの大人になったつもりで、中身のない求婚をしてくる。

これが苛立たずにいられるか。

「あけちゃん、ほかの大神さんは？」

ミヨシはきょろりとあたりを見回す。

まかみ岩には、十二匹の大神が暮らしている。

ミヨシは彼らの縄張りを侵さぬよう配慮し、滅多に彼らの縄張りには立ち入らない。いつもは彼らに見つからないようにアケシノと逢引《あいびき》していたから、まかみ岩の奥のアケシノのねぐらまで来るのも、実に、四、五年ぶりだった。

「シノフサさんとシノモリさんは？」

アケシノの傍には、いつもシノフサとシノモリという二匹が付き従っていた。

「追い出した」

「なんで⁉」

「好いた奴ができたらしいが、俺に遠慮しやがったから追い出した」

「二人同時に？」

「二匹同時に、同じ奴を好きになったらしい」

「ほかの人は？」

「老衰と傷病、餓死で九匹が死んで、残った一匹は群れを出ていった」

この四、五年で、大神の数は一気に減った。

今回の工事が始まる前から、人間の宅地開発で狩場は少なくなり、一日で地形が変わるほど山を切り崩され、それを把握しきれず怪我を負い、それが元で亡くなり、己で餌を狩れぬ老いた獣は餓えて死ぬことを選び、健康な大神もどこかで人間の病をもらって亡くなることが相次いだ。

「じゃあ、ここにはあけちゃん一人しか住んでないの？」

「そうだ」

まかみの原の大神は、アケシノ一人になった。

「なんで言わなかったの。ずっと独りだっただなんて……」

「まだシノオがいる」

「でも、おしのちゃんとはずっと一緒じゃないだろ」

「お前も親元を離れて、修行に出てるだろうが。俺もそれと同じだ。独り立ちしたんだ。……それに、一人のほうが気楽だ」

アケシノは大神惣領ではあるが、己が惣領の器でないことを自覚している。

シノオほど強くないし、大勢を食わせていくほどの甲斐性もないし、気儘《きまま》な一人が好きで、本当は、集団行動も苦手だ。

「でも、あけちゃん、さみしがり屋じゃん」

「それはお前だ、大家族の十一番目のドラ息子」

「俺はさみしがりじゃなくて、みんなが好きなだけ。あけちゃんはさぁ……」

アケシノは、孤独が嫌いなのに、孤独を選ぶ気がある。

自分のことをあまり語らず、自分一人で考えて、決めて、行動に移す。

いつも一歩引いて、誰とも親しくしない。

シノオとですら、たまに顔を合わす程度で……。

「このこと、おしのちゃんも知ってるの」

「知ってる」

「それでいいって言ってるの」

「言うもなにもシノオにはもうなんの権限もない。俺が決めたらそれが大神の決定だ」

「これからは俺がいる」

「……は？」

「もうアケシノのこと一人にしないから」

「…………」

ミヨシの手が、アケシノの指先に触れた。

抱きしめるでもなく、手を繋ぐでもなく、ただ、指先を触れ合わせてきた。

抱きしめられれば振りほどくし、手を繋がれればその手を叩き落とすアケシノの性格を分かっているから、ミヨシはそうしてきた。

「俺と一緒になろう」

「だからなんでお前はそう馬鹿のひとつ覚えなんだ」

「だって君はもう自由だ」

すべての大神の行く先を見届けたのだ。

それは、惣領としての責任を果たしたも同然だ。

もう身軽になっていいはずだ。

アケシノには、もうなんの柵《しがらみ》もないはずだ。

狐とつがいになっても、誰にも、なにも、言われないのだ。

つらい時につらいと声に出して、ミヨシがそれを助けることも、隠さなくていいのだ。

「……いい機会だから言っとく」

アケシノは後ろ頭を掻《か》くフリをして、触れ合う指先を離す。

「なに？」

「俺は誰とも添うつもりはない。つがいも要《い》らない。子供は産まない。俺の代でまかみの原の大神は終わらせる。シノオも承知だ」

アケシノの言葉に、ミヨシは真顔で固まっている。

言葉もなく、父親似の男前を強張《こわば》らせ、奇異なものでも見る目でアケシノを見つめている。

「ちょうどよかったんだ。一族の行く末も見届けた。惣領の役目もまっとうした。近い将来、ここも人の手が入ってなくなる。去るにも良い頃合いだ。棲み処に執着は持ってねぇし、一人ならどうとでもなる」

だから、諦めろ。

大神はこのあたりで幕引きだ。

＊

ある夜、信太村周辺を豪雨が襲った。

信太山から流れる川が増水し、信太村は水害に見舞われた。

だが、信太の惣領嫁である褒名は、彼らの代になってから大規模な治水工事などを施しており、信太村への水害は小規模かつ最低限のもので抑えられた。

アケシノは、シノオの家のあたりも見に行ったが、そちらも無事だった。

「…………」

降り止まぬ雨に打たれながら、アケシノは、まかみ岩の裾野《すその》に立った。

夜半、まかみ岩の一部が土砂崩れを起こしたのだ。

アケシノは、この酷い大雨が気がかりで縄張りを巡回していたから土砂崩れに巻き込まれずに済んだが、ねぐらのあたりは土砂に埋まってしまった。

人間が山肌を削り、伐採したせいだ。

過去、同じような雨や嵐は何度もあったが、これほどまでに甚大な被害が及んだことはなかった。

さて、家がなくなった。

どうしたものか。

いい機会だから、どこか別の場所へ居所を移そうか。

なにもかも水に流して、すっきりしてしまおうか。

そうすれば、ミヨシも諦めるだろうか……。

「アケシノ！」

土砂降りの雨のなかでも、その声はよく通った。

新月の夜にまぎれて、闇色《やみいろ》の狐が駆けてくる。

ミヨシはアケシノのもとへ辿り着くなりヒトの姿に変わり、羽織っていた外套《がいとう》をアケシノの頭にかぶせた。

「よかった。無事で」

「…………」

外套ごと抱きしめられた。

かぶせられたウールの外套が、アケシノの代わりにばたばたと雨に打たれてうるさい。

ミヨシの懐に抱えられ、雨風から守られる。

この雨のなか、なにしに来た。危ないだろうが。

そう怒鳴ってやりたいのに、喉の奥で声が痞《つか》えて、苦しかった。

きつく抱かれた腕を引き剝がしたいのに、できなかった。

そうしている間に、外套を打つ雨音も小さくなって、あぁ、雨も止んだか……とミヨシの腕の隙間《すきま》から雨模様を見やると、さっきよりも酷い降りようだった。

ミヨシの腕にすっぽりと覆い隠されて、ミヨシがその背で雨を引き受けてくれているから、自分は無事なのだと知った。

「……濡れる」

「いい」

「よくねぇよ」

「遅くなってごめん……」

「お前は一番に来てくれた」

それだけでアケシノは充分だった。

アケシノよりもつらい顔をしてアケシノを心配してくれるだけで、充分だった。

＊

身ひとつで放り出されたアケシノを見つけた時、ミヨシは身も心も凍る思いだった。

豪雨に打たれて呆然《ぼうぜん》と佇《たたず》むアケシノを抱きしめて、雨風から守るくらいしかできなかった。

なにもかも諦めたような、吹っ切れたような、清々《すがすが》しささえ感じるような表情が、空恐ろしかった。心細くて途方に暮れて、もうどうとでもなれと自暴自棄になっているような、なんともたとえがたい表情で、アケシノはひとりぼっちでいた。

初めて出会った時に、水底にゆるやかに沈んでいく血色を思い出してしまった。

「あけ、アケシノ……雨風を凌《しの》げるところへ行こう」

ミヨシは、震えるアケシノの肩を抱く。

「行くとこは決めてる」

強がるアケシノの声は震えていて、かすれ気味だ。

唇も冷えて強張り、うまく動かないのだろう。

「じゃあ、そこへ……」

「お前は信太へ帰れ」

「……？　アケシノ？」

放せといわんばかりに、胸を押される。

ミヨシは放したくなくて、両腕に力を込め、もっと強く抱きしめる。

「俺はこのままここを出る」

「なに言ってんだ」

出ていくにしろ、出ていかせないにしろ、この大雨のなかを移動するのは無謀だ。

「ちょうどいい頃合いだ」

「アケシノさぁ！　こないだからちょうどいいとかばっかり言うけど、なんの頃合いがちょうどいいのか俺にはまったく分かんない！」

雨に負けないくらいの声を張った。

アケシノはミヨシを見上げて、「俺にも分かんねぇけど！　そう考えたほうが気が楽なんだよ！　えらそうな口叩くな！」と怒鳴り返してきた。

怒鳴り返す唇も、ミヨシを睨《にら》みつける顔も、色が失せて真っ白だった。

気がついた時には、ミヨシは、その唇を奪っていた。

だって、アケシノが死んじゃうと思ったから。

熱を与えて、自分の熱でアケシノを生かしたいと思った。

「……っざけるな！　この色ボケ！」

振りかざす拳を振り下ろさないのが、アケシノだ。

かわいい弟分には手を出せないのが、この人の可愛いくて、憎らしいところだ。

いつまで経ってもミヨシは、すずのまま。

どれだけミヨシが、「結婚したい、つがいになりたい、一緒にいたい、二人の間に子供ができたら嬉しいよね、大神と信太狐が混じってもいいじゃん」と伝えても、「俺はアケシノが好き、手に入れたい」と行動で示しても、子供の戯言《たわごと》だと笑われる。

真剣に取り合ってもらえない。

「どうやったら、俺の気持ちは伝わるの……」

「諦めろ」

「俺は、こんなに君を愛してるのに」

「鬱陶《うっとう》しい」

「君が、おしのちゃんみたいにかっこつけようとしたり、大神惣領らしく振る舞おうと頑張ってるところが好きだ。ぶっきらぼうだけど優しかったり、なんだかんだで自分の懐や縄張りに俺を招き入れて愛情深く接してくれたりするところが好きだ。君の意地っ張りなところや強がりが健気《けなげ》に見えて目が離せない。俺が君のこと好きだってどれだけ伝えても、弟みたいなもんだって笑われて、まともに取り合ってもらえないのも分かってる。でもそれは君が俺を男として見るのがこわいからだってことも分かってる。だから、好きだ」

どんな手を使っても、この大神を手に入れる。

弟路線から攻めていって、お近づきになって落とす。

まずはこっちを振り向いてもらう。

心身ともにもっと成長して、元服してミヨシと名を改めて、弟路線で攻めていく戦法はそろそろ終了して、次の作戦に仕切り直して、男として見てもらう。

手当たり次第、なんでもやると決めたのだ。

いまは、押して、押して、押して、押しまくる。

「ミヨシ、やめろ……」

「なんで？　こっち見て。そんなに真っ赤になるくらい照れて嬉しがるなら、俺のこと見て、俺の気持ちに応《こた》えて」

「自惚《うぬぼ》れんな」

「自惚れて当然だ。だって、君に触れられるのは俺だけだ」

シノオや双子以外で、アケシノに触れることができるのはミヨシだけだ。

ミヨシだけが、アケシノに触れることを許されている。

抱きしめても、唇を重ねても、威嚇されることも殴られることもなく、許されている。

アケシノが、許してくれている。

「俺は君の特別だ」

「……っ」

「アケシノ？」

「くしゅっ」

耳と尻尾を出して、アケシノがくしゃみをした。

「…………だいじょぶ？」

小首を傾げて、アケシノを覗《のぞ》き込む。

「う、っせぇ……だいたい、おま……っあ、くしゅ……っ！」

「くしゃみまでかわいい。……ごめん、先に場所移動しよう」

そこでミヨシは我に返り、軽口を叩いて、重くなりがちな空気を改める。

こんな雨のなか、好きな子をいつまでもこんな場所に立たせるべきではなかった。

こういうのがミヨシのだめなところだ。

まだ子供。

ネイエなら、自分の父親なら、きっと、まず先に好きな子の安全を考えて行動する。

「ごめん。行こう」

「いやだ」

ミヨシがアケシノの手を引くと、アケシノがその場で踏ん張った。

「は？　この状況で？　どう考えても雨宿りが先でしょ？」

「勝手に決めんな」

「勝手もなにもとりあえず一時凌ぎじゃん。近くに俺の隠れ家あるから、そこ行こうよ」

アケシノの手をさらに引っ張る。

「なんでお前の家なんか行かないとなんねぇんだよ。木の下とかあるだろうが」

「このクソ寒いのにそんなとこにいさせてたまるか」

ミヨシは力いっぱい引っ張るが、アケシノは意地でもそこから動かない。

「お前ひとりで行け。風邪ひくぞ……っふ、ぁくしゅ！」

「くしゃみしてる人に言われたくないよ」

小さな子供同士が手を引き合って戯れるように、お互いの手を引っ張りあう。

大雨のなかですべきことではないのに、やってしまう。

なんでか分からないけれど、ちょっと楽しい。

アケシノが久しぶりに笑っている。

笑っているけれど、本気でここから動くつもりはないらしい。

その間にも、アケシノは何度かくしゃみして、ぶるっと身震いした。

「ほら見ろ！　寒いんじゃん！」

「寒さより優先するもんがあるんだよ！」

「あとで酷い風邪ひいて、黒屋敷とかおしのちゃんの家でつきっきりで俺に看病されるのと、いますぐ俺の隠れ家に避難するのと、どっちがいいの⁉」

「どっちも御免だ！」

「このっ……強情っぱり！　……はっ、くしゅ！」

今度はミヨシがくしゃみをした。

「おい、大丈夫か」

「大丈夫じゃない！　寒い！　俺が風邪ひいたらどうすんの⁉」

「……かわいそう」

「じゃあとっとと行くよ！」

弟分に風邪をひかせるのは、兄貴分として許しがたいらしい。

アケシノはミヨシに言われるがままに手を引かれてくれた。

＊

ミヨシの隠れ家は、鹿神山の麓《ふもと》にあった。

まかみ岩からも目と鼻の先だ。

古民家風だが、間仕切りのない大部屋がひとつきりで、古臭い。

雨風こそ凌げるが隙間風が吹き込み、大風が吹けば飛んでいってしまいそうだ。

あの立派な黒屋敷で育った狐が、こんなあばら家でよく辛抱できたものだとアケシノは感心した。

わりと頻繁にここを利用しているようで、家屋はしっかりと手入れされているし、家財道具や調理器具、生活に必要な物はすべてそろっていた。

「言ってなかったっけ？　去年からこの山の鹿神さんのとこで世話になってんだよ、俺」

「聞いてない」

「ごめんごめん。はい、これで濡れてるの拭いて」

「こんな近くにいたのに、なんで言わねぇんだ」

「好きだ、愛してる、結婚してってって言うほうが忙しくてさ。……で、まぁ、普段はここで寝起きしてんの。……うー……さぶい、ほら、こっちで火に当たりな」

手際よく囲炉裏《いろり》の火を熾《おこ》して、アケシノを手招く。

アケシノは渡された手拭《てぬぐ》いを片手に、囲炉裏端で胡坐《あぐら》をかいた。

「もっとちゃんと拭いて」

アケシノの手の乾布を奪い取り、わしわし頭を拭く。

アケシノは俯《うつむ》いて、ミヨシのなすがままにされていた。

濡れた着物もあっという間に脱がされて、ミヨシの着替えを着せられる。

ミヨシの着物は、アケシノには寸余りで、着物のなかで体が泳ぐ。

こんなところでも体格差を思い知らされて、アケシノは、「こいつに、いまの俺が勝てることはなにかひとつでもあるのだろうか……」と自嘲《じちょう》してしまった。

囲炉裏の火に暖められて、足先がむず痒《がゆ》い。

思ったよりも冷えていたようで、火に当たるとひと心地ついたような気持ちになって、深く、細く、ミヨシに気づかれないように肩で息を吐いた。

「うちに来てくれてありがとう」

アケシノの髪を拭きながら、背中越しにミヨシが礼を言う。

礼を言うべきはアケシノのほうなのに、ミヨシは、アケシノが気負わぬよう、そう言ってくれる。

「お前の家が一番マシなだけだ」

親から自立しているアケシノは、親を頼りたくない。

それに、親とはいえシノオたちが旅行で不在の家には礼儀的に入れないいし、黒屋敷で世話になるなど以《もっ》ての外《ほか》だ。

だからしょうがなしにミヨシのところへ来てやっただけだ。

自分の毛皮と同じ色の火をぼんやり見つめ、アケシノは憎まれ口を叩く。

こういう時、アケシノは自分の不甲斐なさで身につまされる。

ミヨシのほうが弟分なのだから、アケシノはもっと兄貴分らしくしてやらなくちゃいけないのに、ミヨシのほうがずっと大人な考え方で……、事実、ミヨシのほうが六つも年上なのだが、近頃は、その年齢差を如実に感じることが多くて、ちっとも威厳を保てない。

いまもミヨシに世話を焼かれて、これではまるで自分がミヨシの掌《てのひら》で転がされているような気持ちになって、釈然としない。

釈然としないが、誰かに髪を拭いてもらうのは気持ちいい。

心地良い眠気が襲ってきて、とろりと瞼《まぶた》が落ちそうになり、何度も瞬きをして寝落ちするのをこらえるが、また、うとうと……。

真っ暗な部屋に囲炉裏の火だけが揺らめいて、大神と狐の影が重なっている。

あぁ、しまった、……耳と尻尾が出ている。

気持ち良くて出てしまったらしい。

ゆらゆら、半分だけ重なった二つの影に、それぞれ耳と尻尾がある。

耳の先がふかふかになるまで拭かれて、尻尾の付け根から毛先までそぅっと水気を絞られて、乾いた布の間に挟まれて、ぽんぽん。

尻尾を優しく両手の間で押し包むように、ゆるく、丁寧に。

「寝ていいよ」

「ん……起きる。お前も……ふぁ、ぁあー……拭いてやる……」

「俺はさっき自分でやったから大丈夫。ほら、横になって。お布団敷いてくるから、ここで横になって待ってて」

「……おまえ、拭く……」

「片言になってんじゃん。また今度でいいよ」

ミヨシがくすぐったそうに笑う。

ぺろり、ぺしょり。アケシノが小さな舌でミヨシの毛繕いをしてやると、「もう！　寝ながら毛繕いしないの」とまた笑う。

その、低い、すこしかすれたような笑い声が耳朶《じだ》をくすぐるたび、アケシノの眠りはまたひとつ深く落ちる感覚に囚《とら》われ、その心地良さに凭《もた》れかかってしまう。

ミヨシの手がアケシノの肩を抱き、「ほら、尻尾焦げないようにね」と声をかけながら、囲炉裏の傍でアケシノを横にならせる。

アケシノは起きているつもりで三角耳をひくんと動かし、ミヨシの足音を追う。

襖《ふすま》を引く音がして、布団を出して、またミヨシが歩いて、アケシノの傍に布団を敷く布と畳の擦《こす》れる音が聞こえて、耳が心地良いような、くすぐったいような、不思議と穏やかな気持ちでその音に耳を傾ける。

さすがにアケシノを持ち上げるのは軽々とはいかないようで、半分引っ張るようにして敷き布団の上へ寝かせられると、上掛け布団を首元までしっかり掛けられた。

枕《まくら》から、ミヨシのにおいがする。

いいにおい。

小さい頃は乳臭いばかりだったけれど、近頃はちょっとにおいも変わって男臭い。

でも、嫌いじゃない。

「枕はだっこするもんじゃなくて、頭を乗せるもんだよ」

ミヨシがアケシノの足もとでそんなことを言う。

そんなところにいないで、お前もとっとと布団に入れ。アケシノはそう言ったつもりだったが、「双子よりも舌が回ってないよ」とミヨシが笑う。

いいから早く寝ろ。尻尾をぱたぱたさせてミヨシを呼ぶが、布団のなかの尻尾はもぞもぞ蠢《うごめ》くだけで、上手に動かせない。

体が重い。

眠気に負けてしまう。

冷たかった足先が温まってきた。

血が通うのが分かるほど温かくなって、やっぱりすこしむず痒い。

でも、きもちいい。

冷たいはずの布団は、アケシノの指先よりも熱い。

「……っ、ん」

「ごめん、くすぐったい？」

身じろぐと、ミヨシが謝る。

「ぅー……んぅ、ん、……くぁあぁ……ぅ」

獣じみた声で、欠伸混じりに返事する。

眠いから話しかけるな。

足もとのミヨシを蹴《け》る。

「……っと、危ない。こら、あけちゃん、足癖悪いよ」

「んー……っ、ン、っふ、……ふふ、っ」

くすぐったい。

ぁぐぁぐ、がじがじ。おしおきみたいに甘噛みされる。

舌先が、親指の爪に触れる。

指と指の間の水掻きに、ぬるりと舌先が滑りこみ、指の側面にも触れる。

足の爪先《つまさき》を、ぬるい温泉に浸けたような、……とろりとした感触。

こら、俺の肉球を噛むな。

足先を口に入れるな。

爪で怪我するぞ。

あぁ、でも、いまは狼じゃなくてヒトの形だから、怪我もしないか。

「……っ！」

次の瞬間、アケシノは跳ね起き、己の足もとを見やった。

胡坐をかいたミヨシが、アケシノの足の指を舐めていた。

「へんたい！」

摑まれていた足の裏で、ミヨシの顔面を押し蹴った。

「……っ、ぐ！」

「変態！　指舐めんな！」

「だって、指先冷たかったから！」

「あっためるなら！　手とか尻尾とか腹とかほかになんでもあるだろうが！」

「口の中のほうがあったかいし、きもちいいよ」

「……ひっ」

小指に、ねろりと舌が絡む。

アケシノに見せつけるように舌を平たく使い、音を立ててしゃぶり、唇で噛む。

小指の先から、足の裏、踵《かかと》までくると踝《くるぶし》に唇を押し当てる。

熱っぽい吐息が、足首に触れる。

湿った黒髪の隙間から、黒い瞳がアケシノを射抜く。

アケシノは上半身を斜めに起き上がらせ、左足と尻、両肘《りょうひじ》を布団についた姿勢で体を支え、そのまま動けなくなる。

ミヨシの目から逃げられない。

知らない男がいる。

頭のなかで、すずとミヨシが繋がらない。

あの黒毛玉は、本当にこの男だったのか……。

この男は、どこか別のよその男なのではないか……。

「アケシノ……」

その男は、悩ましげな声色で、アケシノを求める。

切なげに、苦しげに、じれったさを我慢できずに、欲しがることを隠しもしない。

着物の前を大きく膨らませて、アケシノの足に懇願する。

足の甲から足首へと唇を滑らせ、足裏に頬や額をすり寄せ、向こう脛を吐息で愛撫《あいぶ》して、内腿に唇を寄せる。

白い牙を見せて、膝のすぐ上の内腿に歯型を残す。

「…………」

気が、遠くなる。

知らないオスが、じわじわ、じわじわ、足先からアケシノを食らっていく。

いつの間にやら、ミヨシの頭が、またぐらのすぐ傍にある。

アケシノの足を摑んで持ち上げるミヨシの指が、腿の肉に食い込む。

中空で、己の足指の先が揺れて、囲炉裏の火でぬらりと艶光《つやひか》る。

それが、ミヨシの口で温められた足だと意識してしまうと、心臓がひとつ跳ねて、内腿のきわどい位置に痕《あと》を残すミヨシの、その髪を摑む指もたわむ。

変なところに力が入って、ミヨシを遠ざける為の肝心なところには力が入らない。

ふわふわと心地良いのに、息が上がって苦しい。

ミヨシが触れるところだけが熱くて、触れられていないところは寒い。

乱れた裾から覗く太腿の外側や、袖のめくれ上がった二の腕は、冷える。

耳や下腹は熱いのに、うなじや背中を滑る汗は冷たく、ぶるりと震えてしまう。

その途端、ミヨシの動きが止まった。

「……みよし？」

「うん、ちょっとじっとしてて」

アケシノと同じ目線までミヨシが這《は》い上がってきて、大きな手でアケシノのうなじに触れた。

眉間《みけん》に皺《しわ》を寄せ、ミヨシが、こつん、と額と額をくっつけてくる。

「あけちゃん、熱、出てる」

「……？」

「熱だよ、熱。お熱が出てんの」

まるで年下の弟に言い聞かせるように、ミヨシがアケシノの頬を撫でる。

手の甲でそこを撫でられると、自分の頬がかさついているのが分かった。

ミヨシの手は、もう幼かった頃のように、ふくふくのまるまるした手じゃないし、紅葉《もみじ》の葉っぱみたいに小さくもなかった。

骨ばって、がさついていて、猛禽類《もうきんるい》が翼を広げたみたいに大きくて、自分のことを自分で世話している手だった。

＊

「ちんちんめっちゃ痛かった……けど、我慢した……」

アケシノの看病をしながら、ミヨシが可愛く唇を尖らせた。

馬鹿だなぁ、こいつ……なにも言わずにあの夜の雰囲気のまま黙っていれば男前なミヨシでいられたのに……。

そこを言ってしまうあたり、まだまだ子供だ。

でも、馬鹿な子ほど可愛いもんだ。

寝床に臥《ふ》せったまま、アケシノはそんなことを思った。

「何日か前にもくしゃみしてたもんね……。ごめんね、気づかなくて。ひどい風邪にならないといいけど……」

「大袈裟《おおげさ》だ。寝て食ってれば治る」

……そう強がったものの、それから三日経ってもアケシノの熱は下がらなかった。

最初の二日は食事も普通に摂《と》れたし、午前中は平熱で、昼過ぎから夕方にかけて微熱が出る程度で、それ以外は普段通りに動き回れた。

短い時間ではあるが、ミヨシは、食料やアケシノの薬の調達、鹿神への挨拶などで家を留守にすることがあったから、アケシノは、その間にちょっと縄張りの巡回に出ようかと考えたこともあったが、それはやめておいた。

風邪を長引かせて、長くミヨシの世話になるのも、風邪をこじらせてミヨシにうつすのもいやだったから、おとなしく寝ていた。

その甲斐もあって、この調子ならもうミヨシの世話にならずに済むと思った三日目、倒れた。

「あけちゃん、具合悪いよね？」

「……？」

そう尋ねられて、いや、いつも通りだと答えようとした。

答えようとした声が出なくて、そのまま倒れた。

なぜ、いつも本人より先にミヨシのほうが不調に気づくのだろう。

布団に寝かされたアケシノが不思議に思ってミヨシを見つめていると、「そりゃ君のことずっとちゃんと見てるから」と苦笑していた。

どうして苦笑なのか、その時は分からなかった。

いつも穏やかで優しげな表情しか見せないから、珍しいこともあるものだと思った。

三日目の夜に、ミヨシは医者を連れてきた。

そんなもの連れてくるなと言ってやろうとして、声を出す力もないことに驚いた。

視界はうるんで、天井の木目もぼやけて、ぜんぶが遠くに感じた。

ミヨシと医者が交わす会話も聞き取りづらく、医者に診《み》られている間にも意識が遠のいて眠ってしまい、中途覚醒《かくせい》しても、自分がなんの治療をされているのかすら把握できなくて、気がついた時には医者が帰ったあとだった。

「アケシノ」

　ミヨシが呼ぶ。

　重い瞼を持ち上げ、眼球だけをそちらへ動かす。

　瞳を動かすのが精一杯で、それをしただけで疲れてしまい、また目を閉じた。

　顔ごとそちらへ首を向けるのも、返事をするのも億劫だった。

「アケシノ、聞こえてる？　あのね、お医者さんがさ、雨のせいで風邪ひいたんじゃないだろう……って。たぶん、どこかで人間の風邪とか悪いものをもらったんだろうって」

「…………」

　あぁ、うん、思い当たる節がある。

　地鎮祭の時や、工事現場で、山を切り崩す人間の近くに寄った。

　その時に具合の悪そうな奴が何人もいたから、彼らからもらったのかもしれない。

　なら、狐のミヨシにうつると大変だ。

「俺は母さんが半分人間だし、小さい頃から何度も人里に下りてたし、最近じゃ人間世界で暮らしてたから免疫がある。大丈夫」

「……ばか」

　でも、うつるかもしれないだろ。アケシノが視線でそう訴えかけると、「俺のことはいいから、自分のことだけ考えて」と、布団のなかのアケシノの手を握ってきた。

「人間の薬が飲めたらいいんだけど、アケシノ、そういうの飲んだことないし、毒になるかもしれないから飲ませられなくて……ごめん、苦しいよね」

お前のせいじゃないと言ってやりたくて、繋いだ手の指先に力を籠《こ》める。

その力が驚くほどに弱々しくてアケシノも驚いたが、ミヨシはそれ以上に悲壮な表情をしていた。

「……俺のアケシノが死んじゃう」

まるで本当にアケシノが死ぬような口ぶりと表情だった。

こんなことで死ぬか、ばか。

笑い飛ばしてやりたかったのに、ミヨシの表情を見ていると、あながち間違いでもない気がした。

大神は、よその神仏や人外と慣れ合わず、人間とも交わらず、大神だけで生きてきた。ありとあらゆる物事に免疫がないことはアケシノも承知のうえだ。

だが、アケシノは健康だったたし、体力もあった。それに、ほかの大神がヒトの病をもらった時に傍に寄ってもうつったことがなかったから、自分の頑丈さには自信があった。

いざ自分がその立場になってみるまで、実感がなかった。

ここ一年以内にも、人間の傍に寄りすぎて、病をもらって死んだ大神がいたのに……。

ちょっとしたことが原因で、大神は死んでしまうのに……。

死んだ大神たちは、アケシノよりも年寄りで体力もなかったから、それが死への拍車をかけただけだと思っていたが……アケシノにだって充分あり得ることだったのだ。

現に、いま、アケシノは、死んだ大神たちと同じように、動くことはおろか食事も満足に摂れず、喋ることもままならず、床に臥せっている。

こうして寝ついてしまったら、先は短い。

「神様の薬でもヒトの病気は治せるから……俺、いまからそれもらってくるね。ちょっと遠いけど、待ってて」

「いい」

断る声も、腹の底から出せない。

「なんでそんなこと言うの」

アケシノがそう言う理由を分かっているくせに、ミヨシはそれでも問うてくる。

大神のあるべき姿は決まっている。

生きるも死ぬるも自然に任せ、いまを受け入れる。

それ以外の道を選ぶほどの柔軟さがあったなら、きっと、シノオも、アケシノも、こんな生き方はしなかっただろう。

「生まれてたった十二年で、勝手に人生に見切りつけんなよ」

「……？」

「死ぬってどういうことか分かってんのか」

ミヨシがきつく拳を握る。

怒りを孕んだ声は低く、震えている。

きっと、これこそが、生き方、育ち方の違いなのだろう。

随分と人間臭い考え方をする神狐を見つめ、死ぬならこいつの前以外にしてやらないとなぁ……と、アケシノはそう思った。

＊

アケシノを診た医者は、万病に効くが手持ちではない薬を数種ばかりミヨシに教えて、「いま申し上げた薬が手に入れば持ち直すやも知れませぬが、それを手に入れて帰ってくる前にこの方の命が尽きるでしょう。さりとて、このままにしておけばいずれは死にまする。この大神殿には、つがいもおらんようですし、半身伴侶《はんりょ》から力を分けてもらうこともできませせぬ。……となれば、覚悟なさったほうがよろしいでしょう」と宣告して、効く可能性の低い手持ちの薬をいくつか置いて帰った。

アケシノに必要なのは薬。

もしくは、ヒトの風邪《ふうじゃ》よりも強い力。

ミヨシは、前者は持っていなかったが、後者は持っていた。

父方母方の両祖父母と両親から受け継いだ力は、特級品だった。

「……ごめん」

こんな方法で、ごめん。

でも、遠くまで薬を探しに行くよりも、こちらのほうが早いのだ。

早ければ早いほど、アケシノを救える確率も高くなるのだ。

「……み、ょし……？」

ミヨシはアケシノに口づけ、力を分け与えた。

たったそれだけでアケシノは久しぶりに目を開き、ミヨシの名を呼んでくれた。

すぐにまた瞼が落ちたけれど、口づけを長くすればするほど、アケシノの頬に朱が差し、
冷えた手指の先に熱が灯《とも》った。

上掛け布団を剥いでアケシノを抱き起こし、腕に抱く。

ミヨシの胸のうちで力なく抱かれたアケシノの体は、冷たい。

もう発熱するだけの体力もなくて、末端から体が冷えていく。

すこしずつ、すこしずつ、末端から死んでいく。

唇で与えたくらいでは足りないのだろう。

助からないのだろう。

向かい合うように抱き合い、首元でアケシノの頭を預かる。

脇《わき》の下から腕を差し込み、抱きしめるようにして、着物の裾を割る。

アケシノは、シノオよりも華奢《きゃしゃ》だ。

特に、腰回りは経産婦のシノオよりずっと貧弱で、肉づきも悪いし、全体的に薄い。

岩山育ちで、毎日しっかり山を駆け回っているから、足首や尻は引き締まって、柔軟な筋肉を持っているけれど、大人のそれじゃない。

ミヨシだってまだ十八歳で、父親やネイエほど大人の筋肉じゃないけれど、アケシノはそれよりももっと幼さがあった。

ついつい、ミヨシよりも大人ぶった言動をするから、その雰囲気に惑わされてしまうけれど、ヒトでいうなら、まだ十六、七歳の体だ。

「……………ごめん」

何度目か分からない謝罪を口にして、アケシノに触れる。

下穿《したば》きを解き、太腿と臀部《でんぶ》の付け根から、尻の狭間《はざま》へ指の腹を滑らせる。

唾液《だえき》に濡らした指で、直《じか》に、そこに触れる。

固く閉じた窄《すぼ》まりの、そのふちを撫で、爪先ひとつ分を潜り込ませる。

感触を確かめて、抵抗のない体に罪悪感を抱き、元気に抵抗してもらったほうがよっぽどよかったと奥歯を嚙み、それでも、まだアケシノの内側に熱が残っていることを喜ぶ。

指をひとつ埋めるのに随分と時間をかけて、必要以上に慎重に事を運ぶ。

アケシノはオスだけれど、メスだ。

排泄《はいせつ》孔と陰茎と陰嚢《いんのう》があって、女性器や膣《ちつ》はない。

けれども、後ろにオスを咥《くわ》え込み、種を付けられれば、孕む。

母親であるシノオと同じ体だ。

オスを迎え入れやすい体の造りになっている。

膣はなくとも、腹の奥、結腸の向こうには子袋があるし、女ほど濡れはしないが、男よりは柔軟にオスを受け入れる。

アケシノの体が、その為の体に育っていることをミヨシは知っている。

アケシノがメスとしての発情期を迎えていることも知っている。

ミヨシでそれを迎えたことも知っている。

誰にもこの体を触れさせていないことも、知っている。

初めてはちゃんと合意の下で、アケシノに欲しいと思ってもらえるようになってからが望ましかった。

ミヨシはそれまで待つつもりだった。

ミヨシは昔から気が長いほうだし、ひとつのことをずっと想い続けるのが得意だし、アケシノのことが好きだから、そうしたかった。

「ごめん」
弱っている獣を犯すなんて、一番やりたくなかった。
きっとアケシノはミヨシを恨むだろう。
ミヨシに怒りを向けるだろう。
死ぬつもりの大神を、狐の我儘《わがまま》で抱いて、犯して、生き永らえさせるのだ。
ひどい独りよがりだ。
……たとえそれで嫌われても構わない。
一生、口をきいてもらえなくても構わない。
この世からアケシノがいなくなるより、そっちのほうがずっといい。
「元気になったら、殴ってくれていいから」
ミヨシは指を抜き、己の一物をあてがう。
「……っ」
ひくっ、とアケシノの喉が引き攣《つ》る。
ぬるま湯で温めた陶器の人形を抱くような感覚だ。
アケシノを傷つけぬよう、様子を見ながら、作業のように一物を埋める。
膝に抱き上げた人形は、だらりと布団に腕を垂らし、目を閉じたまま。
ずっと想い慕い続けた人の内側にいるのに、ミヨシはちっとも嬉しくなかった。

＊

「あけ、アケシノ、……アケシノ」

ミヨシの声が聞こえる。

ぽた、ぽた……、雫《しずく》が頬に落ちて、流れる。

乾いた唇に滲むその雫を、舌先で舐める。

しょっぱい。

「…………」

アケシノは薄く瞼を開き、眩《まぶ》しさに目を細める。

ぼやけた視界に、裸のオスが映る。

「アケシノ、……っ」

ミヨシだ。

切羽詰まった声で、嬉しそうなのに泣きそうな表情で、アケシノを見下ろしている。

アケシノの左耳あたりにミヨシの右手があって、ミヨシの左手はアケシノの頬を撫でている。

見下ろしてくるミヨシの頬から、ぽたりと雫が落ちる。

汗だ。

ちがう、これは涙だ。

「……どうした？」

腕を持ち上げ、ミヨシの涙を拭ってやる。

イッパシの男が泣くな。

……かわいそうに、誰に泣かされた？　敵を討ってやるから言ってみろ。

ぐずる子を宥《なだ》めるように、幼い弟たちにするように、馴《な》れない笑みでミヨシを慰める。

そうしたら、ミヨシがしがみついてきた。

苦しいくらい、ぎゅうぎゅう、ぎゅうぎゅう、抱きしめてきた。

「……よかった」

喉の奥から声を絞り出し、そんな言葉を漏らした。

アケシノは、ミヨシの肩越しに天井を見つめながら、ミヨシの肌の熱っぽさや、肩幅の広さ、男臭いにおいに埋め尽くされた。

「ミヨシ、……重い」

背中を撫でてやる。

筋肉質で、ぱつんと張った背筋《はいきん》はしっとりと湿り気を帯びていて、指に吸いつく。

いい男になったなぁ……と、そんなことを思う。

「ごめん、……アケシノ、ごめん……」

「情けない声出すな。……なにを、っ……っん、ぅ」

なにを謝るのか。

そう言ってやろうとした喉の奥が、詰まった。

「ごめん」

アケシノを抱き竦《すく》めたまま、ミヨシが腰を使った。

「……っ、は……、ッン」

吐息が漏れて、息を呑む。

ごめん、とまたミヨシが謝る。

ミヨシの腕に囲われたまま、アケシノは自分の視界が揺れていることに気づく。

速い動作ではなく、ゆっくりと気遣うように、けれどもけっして止めるつもりなどない動きで、ミヨシが動くのに合わせて視界がぶれる。

ミヨシの右腕が、アケシノの頭を抱きかかえる。

左の腕は太腿を持ち上げる。

持ち上げられた足の、その指先が、揺れる。

ミヨシが動くのに合わせて、だらしなく、規則的に、円を描くように……。

「……っん、ぁ」

甘ったるい声が漏れた。

自分の声だと気づく前に、また、「ぁ、……ん、ぁ……」と嬌声《きょうせい》が溢れる。

視覚と聴覚からの情報量が多すぎて、どれもこれも頭で処理できぬまま揺さぶられる。

そうする間にも自分の声は張り詰め、甲高くなり、かと思えば低く唸《うな》るようにくぐもって、視界の端で揺れる足先の動きが大きくなり、足の裏が攣るほど弓を描く。

「……みょ、し……っみ、よ、し……っ」

状況を把握せぬまま、追い上げられる。

あっという間に息が上がって、苦しい。

苦しいのに腹の底が熱くて、きもちいい。

息継ぎもままならず、ミヨシの名を呼び、その背に爪を立てる。

「……ごめん」

何度目か分からない謝罪を聞く。

額と額を擦り合わせるように触れさせ、眉間に皺を寄せたミヨシが低く唸る。

「ん、ぅ……っ」

アケシノはミヨシのうなじを噛み、後ろ頭を掻き抱く。

腹の内側が、熱い。

脈打つ熱がこれでもかと膨張して、行き止まりのはずの奥に響くほど種をぶち撒《ま》ける。

背中側にまでその熱が拡《ひろ》がって、じわりと染みる。

種を付けられている間、ずっと、アケシノのなかでオスが膨張を続け、血管を浮き立たせ、亀頭を震わせ、メスの肉を揺さぶる。

開かれて、暴かれて、征服されて、ミヨシのものにされる。

頭の先から、背骨、尾てい骨まで気持ち良さが響いて、太腿の付け根が切なくて、内腿でミヨシの体側を締めつけ、アケシノはかすかに震えた。

「み、ょし……」

「ごめん、本当に……ごめん」

「……ぁ、ぅ……、っんぅ、ン、っん……っ」

射精しながら、また動き始める。

子種を出しているのにちっとも萎《な》えない。

それどころかもっと固くなって、大きく肥え太り、遠慮なしに肉を穿《うが》つ。

アケシノの性器は勃起《ぼっき》もせずに、とろりと吐精し続ける。

射精している感覚や気持ち良さはなくて、ミヨシが内側からアケシノの精嚢《せいのう》を圧迫するたび、ただ無機質に排出させられる。

「みよ、し……、……っ、よし……っ」

「な、に……」

必死な声で、アケシノの言葉に返事をする。

「……っみよ、し」

なにか言いたいのに言葉にならず、名前しか呼べない。

それで通じたとは到底思えないが、ミヨシはアケシノの首筋に額をすり寄せ、仔狐みたいににおいをつけ、甘えてくる。

可愛い仕草とは正反対に、ミヨシの背中の筋肉は張り詰めていく。

獣じみた交尾なのに、静かだ。

肉がぶつかる音はなく、にちゃりと粘膜がくっついて離れる時にだけ、いやらしい音がする。

ミヨシが腰を使って、ゆるく突き上げる。

敷き布団ごと上にずれて頭の位置が変わると、また腕に抱き戻される。

なにをそんなに与えようというのか……。

そんなにたくさんくれたら、おぼれてしまう。

そんなにきつく抱きしめなくても、どこにも行ったりしない。

「みよし……」

また、腹が熱い。

種を注がれて、アケシノは深く息を吐く。

心地良く酒に酔ったような、とろけて目も眩《くら》むような、甘やかな熱に浮かされていく。

吐息は乱れるけれども、息苦しさはない。

ミヨシがアケシノに合わせてくれるから、鼻から抜けるような吐息は深く、穏やかだ。

薄く開いた唇で、何度かに分けてゆっくりと息を吸って胸を弾ませ、声のない喘《あえ》ぎで息をする。

それが、たまらなく気持ち良かった。

息を吸って、吐く。

呼吸が重なる。

ミヨシがゆるりゆるりとアケシノを愛していく。

それを何度も繰り返して、終わりのない行為だけに意識を傾ける。

そうするとまた呼吸が深くなり、アケシノはミヨシの熱っぽい息遣いに安堵《あんど》する。

ミヨシの吐息が耳のあたりに触れるのが、愛《いと》しくて、心地良い。

ミヨシのうなじに額を寄せ、首筋のにおいを嗅《か》ぐ。

両手でミヨシの背に縋りつき、ミヨシの色に染まる。

アケシノの血色とミヨシの黒が混じって、どろりと重く、温かい。

同種族以外と初めて交わした、肉と、精気。

我を忘れ、いくつもの爪痕と噛み痕を残す交わり。

たまらなく愛しかった。

＊

昨日まで死にかけていたらしい。

ミヨシの力を分け与えられて、峠を越えたらしい。

「俺はまだ父さんとかネイエちゃんみたいに強くないからさ、口づけひとつで力を与えて弱ってる子を助けられるほど修行が足りてないんだよね。……ごめん」

「なに謝ってんだ？」

「弱みにつけ込んで抱くようなことしてごめん」

「本当にな」

「……それから、あけちゃんの意に反することしてごめん」

自然や宿運に抗《あらが》わずに死を受け入れると決めている人を、ミヨシの我儘勝手で助けてごめん。

ミヨシは、風邪がぶり返さぬよう用心して未《いま》だ床にいるアケシノに頭を下げた。

正座をして、床に手をついて、畳に額を擦りつけて、謝った。

「男がそう簡単に土下座すんな」

「……ごめん」

畳を掻いて削ってしまいそうなほど爪先に力を込めて、ミヨシは謝る。

けれども、「許してもらおうとは思ってない。この先、俺はやっぱり同じようなことがあったら、君を助ける」ときっぱり言い切って、アケシノの許しを待つことなく、土間へ下り、食事の支度を始めた。

頑固な男だ。

ミヨシの背を見ながら、アケシノは嘆息した。

そうしてミヨシの背を見つめる間も、アケシノの手は己の腹に当てられている。

純粋の大神に狐の精気が混じったせいか、はたまた他者との交わりを持ったことがなかったせいか、それとも単純にまだ病が残っているせいか、腹の底が重く、怠《だる》い。

不思議と不快さはなく、ふわふわとした狐の尻尾に甘えているような感覚だ。

自分から、ミヨシのにおいがする。

体の奥にミヨシがいて、アケシノという存在にまとわりついてくる。

最初のうちは、自分に寄り添うように感じていたミヨシという生き物の欠片《かけら》が、時間をかけてアケシノの血肉や魂と混じり、溶け合い、すとんと腹の底に落ちるように馴染んで、すっかりとろけてしまう。

そうなると、もう引き剝がせず、分離もできず、ひとつになるしかない。

それが、いま、アケシノのなかで心地良い疼きになっている。

もう起き上がれるくらい元気なのだが、それでもアケシノがおとなしく床に臥しているのは、この慣れぬ感覚に戸惑っているからだ。

まるでずっと生ぬるい発情期のなかにいる感覚。

ミヨシの匂いのする布団で横向きに寝転び、頭を乗せた枕の下に片手を入れて、冷気をとる。火照った体に、ほのかな冷たさが心地良い。

「…………」

目線の先に畳んで置かれているミヨシの上着に手を伸ばす。

それを引っ張って布団へ引き込み、くしゃくしゃにしてから胸に抱えて、鼻先を埋める。

これもまた、冷たくてきもちいい。

冷たさがすっかりなくなっても、なぜか離しがたく、いつまでもずっと抱きしめて、ミヨシの残り香を嗅いでいるうちに、瞼が落ちる。

着物の残り香が気に入ってしまったのか、うとうとしていても鼻先はミヨシの匂いをずっと嗅いでいて、尻尾がぱたぱた布団を擦るように動く。

「あ、っ……！」

ミヨシが叫んだ。

続けざまに、大きな音を立てて鍋《なべ》の蓋《ふた》が土間に落ちる。

「……っ！」

うたたねしていたアケシノは、耳と尻尾を逆立てて跳ね起きた。

「大丈夫だから！　寝てて！」

アケシノが、「おい、大丈夫か」と声をかけるより先にミヨシが制する。

なにかを煮炊きしていて、煮え具合を見る為に鍋の蓋を開けたらしいが、その瞬間、湯気に顔面をやられて驚いたらしい。

「……おい」

「ほんとに大丈夫だから、寝てて！」

「ミヨシ……」

「大丈夫だから！」

「それは分かった。お前が黒屋敷のつがい仕込みで料理が上手いのも知ってる」

ネイエやシノオのところへも、時々、手料理をお裾分けしていたし、アケシノも何度も食べたことがあるから、ミヨシがひと通り料理できるのは分かっている。

ただ、そうではなく……。

「水が、飲みたい」

「……水？」

「あぁ、水だ」

目を醒《さ》ますなり土下座されたので、まだ一度も、なにも、飲み物を口にしていない。

「……水、あ、そうか……ごめん、喉渇いてるよね、ごめん……っ」

「謝ることじゃない」

「ごめん、すぐ持ってくから！」

水甕《みずがめ》から水差しへ水を掬《すく》い、土間を駆け上がって水を持ってくる。

「これは、このまま飲んでいいのか？」

この水差しは西洋風で、アケシノには馴染みがない。

どういうふうに飲むべきか分からず、喇叭《らっぱ》飲みするにしても注ぎ口が細長すぎた。

「そうか……ごめん、湯飲み、湯飲みだ……湯飲み持ってきます！」

また土間へ駆け戻り、土間の上がり口で「あ、欠けてる！」と一人で騒ぎ、「欠け茶碗でいいぞ」というアケシノの言葉に「よくない！　口切ったらどうすんの！」と背中で返し、きれいな湯飲み茶碗を両手で大事に抱えて持ってくる。

アケシノが湯飲みで水を飲む間、浮足立った正座をして、じっと一挙手一投足を見守り、次にアケシノがなにか頼んでもすぐ動けるように身構えている。

「なぁ……」

「うん、なに？　腰とか背中痛い？　揉もうか？　氷嚢《ひょうのう》とか作る？　ご飯もうすぐだから待っててね！　大根と鶏のお雑炊作ったよ！」

「いや、そうじゃない……」

「……？　お風呂《ふろ》入りたい？　体拭こうか？」

「その、雑炊だけどな……」

「あ……きらいだった？」

「焦げてんじゃないか？」

すん、と鼻を鳴らして、土間を見やる。

ミヨシも、アケシノよりひとつ遅れて鼻をひくつかせ、ぴよ！　と耳と尻尾を逆立てて、慌てて土間へ戻った。

「……どうしよ、あけちゃん……大根が鍋肌で黒くなってる……」

「卵は入れる前か？」

「うん。……でも、鍋底のご飯、こげこげ……おこげご飯になっちゃった……」

「焦げも好きだから気にすんな」

しょんぼりする黒い尻尾に、「元気を出せ」と声をかけてやるが、見るからに大きな背を丸め、しょげている。

「はぁ……、俺、かっこわるい」

ミヨシがあからさまに項垂《うなだ》れる。

なんで、好きな子の前でかっこよくできないんだろう。

なんで、父さんみたいに完璧《かんぺき》な男前になれないんだろう。

なんでネイエちゃんみたいに、完璧にお世話を焼けないんだろう。

「いいからとっととそれ持ってこい、食ってやるから」

「でも……」

「早くしろ。こっちは病み上がりで腹減ってんだよ」

「はい」

「ったく……」

かっこいいのか、情けないのか、可愛いのか、よく分からん奴だ。

一人で欲張りなのだ。かっこいいミヨシも、情けないミヨシも、可愛いミヨシも、ぜんぶ自分の魅力にして、ぜんぶアケシノに見せてくる。

「苦くて食べられなかったら残してね……」

「いただきます」

飯茶碗を受け取り、木匙《きさじ》で掬い、湯気が切れるのを待つ。

「あ、そうだ、……熱いから、ふーってしてあげるつもりだった……」

「はいはい、また今度な。……まぁ悪くない味してるぞ」

「嘘だよ。こげこげじゃん。やっぱり作り直して……」

「うるせぇよ。いいから黙って食わせろ。お前が俺の為に作ったもんだろうが」

「そうだけど……」

「じゃあこれはもう俺のもんだ」

「……これじゃ、いつまで経っても、あけちゃんのほうがかっこいいじゃん」

「努力は認めてやる」

かわいい黒狐め。

アケシノにとって最高のつがいになろうと、ミヨシは精進している。

その頑張りが、愛らしくはある。

ミヨシは、もうなんでもできるように見えて、その実、アケシノの為になんでも頑張っているだけなのだ。

そりゃそうか、ミヨシはまだ生まれて十八年。

可愛くて当然だ。

アケシノに振り向いてもらおうと努力する姿は、どう贔屓目《ひいきめ》に見ても可愛いのだ。

「努力を認めてくれるってことは、今後のお付き合いや求婚についてまともに取り合ってくれるって理解でいいの？」

「お前のそのめげねぇ性格……途轍《とてつ》もなくド厚かましいが嫌いじゃないな」

「じゃあ……」

「勘違いすんな。まずは初恋卒業してから出直してこい」

「……は？」

「お前が俺を好きなのは、俺とシノオが同じ顔だからだろ？」

「最初はそうだったけど、いまはぜんぜん違う理由でアケシノのこと……」

「とりあえず、この顔以外で好きな奴見つけて、本気で惚れて、そいつと恋愛なりなんなりしてから、もう一回俺のこと考えてみろ。勘違いだって気づく」

「もしかして、俺があけちゃんのこと好きなのは、おしのちゃんと同じ顔だからってのが理由だと思ってる？　初恋を叶《かな》える為だけに俺がずっと君に求婚してるって……そう思ってたの？　だから、俺の言葉は受け入れてもらえないの？」

「それも理由のひとつだな」

「それ、違うからね。そう思ってるなら、その考えはやめて」

「シノオはもうネイエのもので、ミヨシのものにはならないから、アケシノで手を打っておこう、ってとこだろ？」

「なんでそんな卑屈な考えなの？　本気で驚くんだけど……」

「だから、それも理由のひとつだって言ってんだろうが。最後まで話を聞け」

「…………」

「大神は俺の代で最後にする。だから誰ともつがうつもりはない。前にも説明してやっただろうが。だから、どう足掻《あが》いても、お前の恋は叶わない」

「でも、諦めずにずっと想い続けて、君の傍いることは許されるだろ？」

「なんでそんなに俺に執着するんだ」

「だって、アケシノは、一人で生きてちゃだめだから」

アケシノは、自分一人の生活だと、すごく自分に無頓着《むとんちゃく》だ。

自分の代で大神を終わらせると早い段階で決めたせいか、何事にも思い入れがなく、執着もまた持たない。

唯一、執着していたのは、自分の母親だ。

自分の子を孕ませることで、ほかの大神が手出しできぬようにして、仲間内で殺されそうになっていたシノオを助けた。

だが、その母親も、つがいを見つけた。

アケシノの庇護《ひご》下に置く必要がなくなった。

アケシノの代わりに母親を守り支えてくれる者が現れた。

そして、いま、まかみの原の大神は、もうアケシノ一人しかいない。

仲間の餌を獲る必要がなくなると、食事も適当になる。

ずっと大神のまま生活して、神様として生きたり、着物を着たり、洗濯したりすることをやめて、川で水浴びをする時も狼のままだろう。

群れはもう群れの様相を保たず、アケシノ一人。

ひとりぼっちになったアケシノは、誰とも会話せず、一日中ぼんやりして、やることも守るものもなくて、保つべき威厳や矜持を保つ必要もなくなって、最低限の餌だけ食べて、ただ眠るだけの生活が続く。

事実、群れが一人きりになってからのアケシノは、ずっとそんな生活を続けてきた。

時々、シノオや双子とは会っているようだけれども、まかみ岩は危ないし、人間に見つかるといけないので、双子だけで来るなと言いつけてあるから、アケシノが会いに行かない限りは、会わない。

さらにアケシノは、違う家庭を持ったシノオに遠慮して、あまり会いに行かない。

ただでさえ、よその神様や人間とかかわりを持たないのが大神だ。

そうして一人きりでいる日々が続いたなら、アケシノは、あっという間に、他者との意思疎通が成立しなくなるだろう。

いずれは、神様ではなく、単なる獣へと成り下がるだろう。

アケシノはそれを受け入れて、死ぬだろう。

「アケシノは一人で生きてちゃだめだ」

「それはお前の価値観だ。そもそも、お前、俺に好いてもらえるほど魅力あると思ってんのか？　おめでたいおつむしてんな」

「俺は君の特別だって自信がある」

「自意識過剰だ。笑わせんな、ばか」

冷めた雑炊を一気に掻き込んで、空の飯茶碗をミヨシに突き返す。

「なに、どういう意味？　おかわり？」

「……二度とてめぇの飯は食わねぇって意味だ、色ボケ狐」

つがいでもなんでもない大神と狐が、同じ釜《かま》のメシを食うことがあってはならない。

アケシノは水差しから直に水をガブ飲みすると、ミヨシに背を向けて寝たふりをした。

【3】

シノオたちが旅先から帰ってきた。

まかみ岩が土砂崩れを起こしたと御槌とミヨシの両方から連絡を受け、大慌てで旅行先から引き返してきたらしい。

だが、連日連夜降り続く雨のせいで悪路が続き、子連れのつがいはかなり気を遣うことになり、山をぐるりと迂回《うかい》して帰ってきた。

しかも、旅先でシノオの妊娠が発覚したから余計に時間を要したらしい。

シノオたちが帰ってくるのと入れ替わりで、ミヨシが姿を消した。

アケシノとミヨシが、いつもの「つがおう」「つがわぬ」の平行線の言い争いをして、同じ釜のメシは食わぬとアケシノが宣言した翌日だ。

「ヤリ捨てか！」

アケシノは一瞬そう思ったが、口には出さなかった。

二人の将来に未来はないと言ったから、愛想を尽かして出ていったのかもしれない。

それから、丸二ヵ月、ミヨシは行方不明になった。

いつもなら近況報告の手紙が送られてきたり、修行している土地の食べ物を送ってきたりするのに、今回は、まるきり音沙汰《おとさた》なしだった。

もちろん、黒屋敷も、ネイエとシノオも、誰《だれ》も、ミヨシの行方を知らない。

しかも、あれほど諦《あきら》め悪くアケシノのもとへ通い、……何年も、それこそ四年以上もかけて求婚し続けてきたのに、この二ヵ月、それもぱったりと止《や》んだ。

あまりにもアケシノが頑《かたく》なだから、愛想を尽かされたのかもしれないし、本気で諦めたのかもしれないし、単なるヤリ捨てかもしれない。

いっそヤリ捨てられたほうが、ミヨシを殴る蹴《け》るしてさっぱり終わらせられるから、そうしてもらいたかった。

もし、愛想を尽かして諦めてくれたのなら、アケシノは……さみしさもあるが、ミヨシの将来を間違えさせずに済んでよかったと安堵《あんど》する気持ちのほうが大きかった。

そう思ったほうが気が楽だったし、アケシノはそう思うべきだった。

これでよかったのだと自分に言い聞かせ、それ以外の感情には蓋《ふた》をした。

ミヨシが姿を見せなかった二ヵ月の間、アケシノは心を掻《か》き乱されることもなく、その間に、己の感情に見切りをつけられた。

ところで、ミヨシが行方知れずになっても誰も探さなかったのは、ミヨシの隠れ家に書き置きがあったからだ。

修行先で急ぎの用事ができたので、長く留守にします。

その書き置きを見つけたのはアケシノだが、宛先はミヨシの親兄弟と知人全員宛てだった。

ただ、その修行先とやらがどこかは明記されていなかったから、結局は行方知れずのまま、音信不通の期間が二ヵ月も過ぎた。

以前から、修行の一環で、半年や一年近く連絡の取れない時はあった。

だから、こういうことは今回に始まったことではない。

それに、血の繋《つな》がりがある黒屋敷の夫婦はミヨシの安否をなんとなく察知できるらしい。だから心配する必要はないとネイエ経由でアケシノは知らされた。

「でもまぁ、今回は急だよね。いつもはしっかり旅支度を整えて、あちこちに挨拶《あいさつ》してから出かけるのにさ。……ほら、双子、こっちにおいで。父上殿は妊娠初期だから、おなか大事にしてあげて。……ごめん、アケシノ君、ちょっとよろしく」

アケシノと話をしながら、ネイエはシノオの腹に乗り上がる双子を抱き上げ、そのままアケシノの膝《ひざ》に下ろす。

「ぁかにゃん、父上のぽんぽんに、ぁかにゃんいるの」

「にゃんにゃんいるの」

「にゃんじゃない。赤ん坊だ。お前らの弟か妹だ」

アケシノは双子を膝に乗せ、尻尾《しっぽ》であやす。

その間に、ネイエはせっせと洗濯物を畳み、裁縫箱を出して繕い物を始める。

「親父《おやじ》殿は針を使っている。こっちにいろ」

すぐに脱走しようとする双子を引っ張り戻して、尻尾でひとまとめにする。

「ちちーぇ、いっしょ、ひなたぼっこいっしょにする」

「ちちうぇのとこ、いく」

「さっきまで父上殿に抱いてもらっていただろうが」

再び脱走を試みる双子の襟足を摑《つか》み、シノオから遠ざける。

シノオは、ネイエのすぐ傍《そば》、陽光の差し込む窓辺にいた。

まだ目立たない腹にネイエの尻尾を置き、狐《きつね》の毛皮で暖を取っている。

シノオが妊娠したと聞いてから、アケシノはたまに顔を出すようにしていた。

シノオの具合が悪い時、双子を外へ連れ出して遊ばせる為《ため》だ。

シノオの傍にはネイエがいればいい。

今日も、昼過ぎから双子を原っぱで遊ばせて、夕暮れ前に家に送り届けた。

「アケシノ君のお陰で長めに昼寝できたよ、ありがと」

礼を述べたのはネイエだが、昼寝をしたのはシノオだ。

悪阻《つわり》なのか、血が足りないのか、昼前には顔色の悪かったシノオが、原っぱから帰ってきた頃には血色が良くなっていた。

おそらくは、まぁ……ネイエが自分の精気を分け与えたのだろう。

双子が傍にいれば、おいそれとそういうこともできない。

それも分かったうえで、アケシノは双子を預かっていた。

「アケシノ君、まだまかみ岩で暮らしてるんでしょ？」

「そうだ」

ネイエにその話題を振られて、アケシノは短く答えた。

アケシノは、崩れる心配のなさそうな場所を見つけて、そこで寝起きしていた。

「隣山の工事って止まってるよね？」

「……そうなのか？」

まかみ岩の話題になると気になるのだろう。閉じられていたシノオの瞼《まぶた》が開き、ネイエの話に加わった。

「土砂崩れのせいで、人間さんの計画が狂っちゃったのかなんなのか……隣山の工事はぜんぶ止まってるんだよね」

「そのほうが、こちらとしてはありがたいだろう」

「でも、山を掘削する機械はそのままだから、中止じゃないっぽいのが気がかりなんだよねー……」

「三ヵ月ほど前には、信太山にまで人間が現れたと聞いたが？」

「うん。褒名ちゃんの結界の内側まで入ってきたらしいよ」

ネイエとシノオの話を聞きながら、アケシノは双子を寝かしつける。

二匹を膝へ乗せて尻尾でくるんと包み、ぽん、ぽん、と優しく尻《しり》を叩《たた》く。

ちっとも眠る気配がないから、双子の小さな耳を優しく引っ張って、ぱたんと折り畳み、音を遮断する。昼間いっぱい遊んだから、夕飯まですこし眠って欲しいのだが、この双子は滅多に会えないアケシノが傍にいるとなかなか眠ってくれないのだ。

「工事現場の人間が祟《たた》りに遭ったとかで、怯《おび》えて逃げ出してるらしいんだよ」

「……アケシノ」

「俺じゃありません」

シノオの言葉に、アケシノはそう答える。

本当にアケシノの仕業《しわざ》ではないし、アケシノがシノオに嘘《うそ》をつくことはないと知っているから、シノオもそれで引き下がる。

「アケシノ君じゃなくてさ、もっとタチの悪い神様らしい。俺も、神様連中の寄り合いには参加しないから情報は少ないんだけど、隣山に、魔王様とか呼ばれてる神様が住み着いちゃったらしいんだよ」

「隣山の主は、穏やかな鹿神だったはずだ」

「そのはずなんだけどね〜……。その鹿神さんが、人間に怒って魔王様だか仁王様だかに変わっちゃったとか、凶《まが》つ神《かみ》になっちゃったとか、西洋悪魔に見入られて人間を呪《のろ》ってるだとか、なにやら西洋魔術に歌舞《かぶ》いちゃってご乱心だとか……いろいろ噂《うわさ》されてるけど、真偽のほどは分かんないんだよねぇ」

「そもそも、寄り合いに出ないお前が、その異様に細かい情報をどこで仕入れてきたんだ？」

「それはもうあれですよ。信太村にごまんといるお友達ってやつですよ」

アケシノの問いに、ネイエが得意げになって答える。

「女か」

シノオが真顔で問うた。

「違います」

「女だな」

「違います、いや、確かに……この噂話は女の子から聞いてきたけど……」

「ほら、女じゃないか」

「いやだからそういう女じゃなくて、友達だって」

「貴様の子を孕《はら》んだ途端、浮気か」

ばしばし、びしびし。シノオは、尻尾でネイエの顔面を叩く。

ネイエの体でシノオが一番お気に入りの部分を、容赦なく叩く。

叩くが、そんなに強くもない叩き方で、じゃれあっているだけなのが分かる。

アケシノが双子を眠らせようとしているのも分かっているから、ネイエとシノオは声を潜めて、他愛《たわい》ない会話を楽しむ。

アケシノは、そんな二人の犬も食わぬやりとりを背中越しに聞きながら、尻尾から脱走する双子の頭を撫《な》でてやる。

嬉《うれ》しがってころころ転がる双子を、畳の上でもっと転がしながら、「お前ら、芝生の上でもさんざん転がっただろうが」と嘆息する。

「ぁーぇちのちゃ、にゃんにゃん、こんにちぁ」

「ぁえちのにゃん、あかにゃんこんにちはだよ」

シノオの腹に挨拶するようにアケシノの腹にも挨拶して、また、ころころ。

畳の上を、部屋の端から端まで転がった。

＊

アケシノは、土砂崩れの起きたまかみ岩で暮らしている。

まかみ岩は大きな岩が連なった山だから、ねぐらはいくらでも確保できた。

そこに、人間の一団がやってきた。

アケシノは物陰に潜んで様子を窺《うかが》った。

人間どもに近寄って、また病をもらっては敵《かな》わない。

もう、アケシノの傍にミヨシはいないのだ。

どうやら人間どもは、隣山の鹿神に「祟らないでください、お願いします」と頼みに来たらしい。

人間どもは平身低頭して拝み、たくさんお供えをした。

だが、頼む相手を間違えているし、そもそもここは鹿神山じゃなくてまかみ岩だ。

神様ごとに守護する領域と、人間が勝手に線引きした土地の境界線は異なる。

人間は、アケシノのいるまかみ岩も、鹿神山の一部だと勘違いしているらしい。

それに、アケシノは何度か工事現場を偵察しに行ったから、「犬ではない謎《なぞ》の生き物が現れる」とか、「赤い眼のけものが呪う」と噂になっているのかもしれない。

……まぁ、なんにせよ、アケシノは鹿神じゃない。

大神だ。

無視したいところだが、相手を間違っているとはいえ拝まれた手前、無視もできない。

なんせ、無視できないくらいの、けっこうな大所帯で神頼みに来ているのだ。

以前、地鎮祭に来ていた社長夫婦もいる。

目の弱い息子の姿はない。

人間どもは、「雨を降らせないでください」とか「祟るのはおやめください」とか「お怒りもございますでしょうが、どうか穏便に……」とか、おためごかしを繰り返す。

彼らから駄々漏れてくる思考を読み解くと、どうやら、大勢の人間が祟りのせいで怪我《けが》をしているらしい。

社長夫婦の息子も土砂崩れに巻き込まれて亡くなって、遺体も出てきていないらしい。

あの、目の弱い子供のことだろう。

だが、不思議なもので、当の社長夫婦からは、「私どもは息子を人身御供に差し出したようなものです。どうかお鎮まりください、どうかこの仕事をまっとうさせてください」という強い念しか伝わってこない。

息子がこの山で死んだことへの怒りや悲しみ、嘆き、息子の遺体を返して欲しいという懇願は、ない。

人間の考えることは、アケシノには分からない。

だが、ヒトが死んでいるとなれば、話は変わってくる。

あまりそういうのはよろしくない。

神獣の類《たぐい》がヒトを殺せば、ましてやそれが無垢《むく》な幼な子であったり、無益な殺生であったならば、殺した者の神格が損なわれる可能性がある。

鹿神がどういう了見かは、アケシノは知らぬ。

鹿神と親しいわけでもないし、二、三度、礼儀上の挨拶を交わしただけだ。

だが、ヒトを殺すほど祟るような神ではなかったはずだ。

己の山を、ヒトの血で穢《けが》したいと願う性根ではなかったはずだ。

だが、長年大切に住み暮らしてきた土地を無遠慮に荒らされて憤り、考えが変わったのやもしれぬ。

アケシノは、自分の持ち得る数少ない伝手《つて》を駆使して、隣山の魔王と呼ばれる鹿神について情報を集めたが、残念ながら、ほとんどなにも得られなかった。

それは、アケシノに人徳がないからではない。

みな、隣山の魔王とやらを恐れて、口を噤《つぐ》んでしまうのだ。

隣山にそんな極悪非道が暮らしているなんて初耳だったが、その魔王とやらが、近頃、人間を祟り始めたことだけは事実のようだった。

それもかなり手酷《てひど》いやり口らしく、ほかの神様連中からも遠巻きにされていた。

そいつがなぜそこまで人間を祟るのかは知らない。

しかしながら、子供の亡骸《なきがら》が土砂に埋もれているのは不憫《ふびん》だ。

あの礼儀正しい幼な子が、冷たく、重く、息苦しい、真っ暗な土の底で腐り落ちていくのは、あまりにも哀れだ。

アケシノは鹿神のもとへ赴いた。

せめて、子供の遺体だけでも親元へ返してやってはもらえぬかと頼みに。

ヒトへの善意ではなく、同じ年頃の弟を持つ兄として。

＊

アケシノは隣山にいた。

隣山の魔王だかなんだか知らぬが、アケシノはその魔王とやらと話をつけて、行方知れずの子供の遺体を返却してもらえればそれでよかった。

魔王とやらも、手酷く人間を祟るくらいなのだから、人間を憎んでいるか、怒っているか、恨みに思っているか……、なにがしか思うところがあるのだろう。

ご機嫌取りは得意ではないが、魔王を執《と》り成すくらいの忍耐はあるつもりだった。

「……っんで、お前なんだ！」

だが、魔王と対面するなり、アケシノは怒鳴っていた。

「…………」

その男は、随分と冷たい表情でアケシノを見据えていた。

「なんでお前が人間を祟ってんだ！」

「だって人間が悪い」

問い詰めるアケシノに、その男は悪びれもせず言ってのけた。

その腕には、アケシノが探していた人間の子が抱かれている。

まだ小さな子供だ。

生気がなく、死んだような顔をして、男の腕で目を閉じ、睫毛《まつげ》ひとつ動かさない。

あの、目の弱い子供だった。

「これは生《い》け贄《にえ》」

男は目を細め、口端を吊《つ》り上げる。

情のない瞳《ひとみ》で、実につまらなさそうに、愚かな人間を嗤《わら》う。

もっと屈託のないお日様みたいな笑い方をすれば、この男はとても爽《さわ》やかな男前だろうに、まるで、この世の悪のすべてを煮詰めたような表情で笑う。

そして、その笑みは、この男の容貌《ようぼう》におそろしいほどに似つかわしい。

人間を祟る凶神そのものだった。

「これ以上、ヒトを祟るのをやめろ」

「明日は、この山で一番大きな楠《くすのき》を倒し、崖《がけ》を崩す予定だ」

「それで人間が死んだら……、どうするつもりだ」

「さぁ」

「そんなことしたら、お前、自分がどうなるか分かってんだろうが！　やめろ！」

「アケシノが俺の嫁になってくれたら、やめてあげるかも」

「………」

「うそ、やめない」

ぜったいにやめない。

ヒトという生き物は、俺によって、呪い、祟られるべきだ。

「やめろ」

「大丈夫、君は心配しなくていいよ」

その男は、アケシノに優しく微笑《ほほえ》みかける。

ヒトへ向けて笑むのとはまったく異なる、彼本来の優しさをアケシノに向ける。

「……やめろ！　ヒトを殺すな！」

「なら、君が俺を止めるか？」

「……っ」

アケシノは歯嚙《はが》みして、拳《こぶし》を固く握る。

「明日は倒木と崖崩れだが、明後日《あさって》は大雨を降らせて川の上流を濁流に変える。明々後日《しあさって》は晴れにしてやるが、前日の大雨で地滑りが起きるだろうな。……さて、偶然、哀れにも、たまさかそこにいた人間たちはどうなるだろう？」

「……やめろ」

「仕方ない。そうなるようなことをしたのは人間だ」

まるで暴君の思考だ。

魔王と呼ばれても仕方のない非道な口ぶりで、ヒトを傷つけることを選ぶ。

「やめろ」

アケシノは戸惑いを隠さず、男を見つめ、同じ言葉を繰り返す。

「君が俺を止めるなら、俺は君とここで永遠に袂《たもと》を分かつ」

「意味分かって言ってんのか……」

「分かってるよ。アケシノと俺は永遠にずっと一生さよならってことだ。……君が、俺のすることを邪魔するなら」

「……ミヨシ」

アケシノは、その名を呼ぶ。

ほんの二ヵ月前まで、アケシノの隣にいた男。

毎日のように、飽きもせず、諦めもせず、アケシノに求婚してきた男。

二ヵ月前、アケシノを抱いた男。

「なんで、お前なんだ……」

「ねぇ、アケシノ……君はどうする？」

「俺、は……」

俺は、どうすればいいんだ。

俺は、この男を、どうすればいいんだ。

アケシノはそれ以上の言葉も行動も思いつかず、禍々《まがまが》しくヒトを祟る魔物を見た。

何度見ても、やっぱりそこにいるのは、昔から知っているあの黒い狐だった。

ただ、着ているものは着物ではない。

どこか現代風で、洋風。余計な装飾もなく、すっきりとした風体だが、布地が黒のせいか、ぜんぶが夜の色で、ミヨシなのにミヨシじゃない。

これじゃあまるで黒御槌だ。

もともとミヨシは、おとなしめの服装よりも、モダンな色柄や洒落《しゃれ》た和装を選ぶことが多かった。けれども、派手すぎず、華美すぎず、やわらかな風合いを選んでいた。

黒屋敷の十一番目で、ちょっとお気楽で、誰にでも親切で、優しくて、いつも、にこにこ笑っていて、愛されて育ったことがひと目で分かるような育ちの良さがあって、攻撃的なところはひとつもなくて……。

誰かを傷つけるなんて、絶対にできる性格じゃなくて……。

「お前は、こんな大それたことできる性格じゃねぇだろうが」

「なんで？」

「なんで……って」

「君が俺に話さないことがあったように、俺も君に話してないことがあった。それだけだ。なんでもかんでもお互いのことを知ってるわけじゃない」

「だから、お前は……っ、そういう喋《しゃべ》り方する生きモンじゃねぇだろうが……」

アケシノはぐしゃりと前髪を掻き乱し、唸《うな》る。

母親が人間ゆえにか、ミヨシは幼い頃から人間の世界を何度も訪れているし、人間そのものにも好意的だった。

なのに、アケシノが言葉を失うほど冷酷な獣が、目の前にいる。

アケシノには優しく話すのに、ヒトの処遇を語る時だけ禍々しい。

「お前が、祟るだとか、人身御供だとか、そんな時代錯誤なことするわけない」

「でも、やってんだよね」

「そもそも、この山は鹿神のモンだろうが、それがなんで、お前がさもこの山の主みたいなデカい顔して居座ってんだ」

「鹿神さんねぇ、死んじゃった」

つまらなさそうに、拗《す》ねた表情であっさり白状する。

一瞬、まさかミヨシが……と思ったが、頭を振って、物騒な考えを追い払う。

ミヨシは、鹿神とも親しくしていたはずだ。

ミヨシは、すずだった頃から一人であちこちを歩き回っていて、「鹿神さまのところね、お花いっぱい咲いてるの。生まれたての仔鹿《こじか》ちゃんもいたの。かわいい」と、「お前の頭が花畑だ」と言いたくなる表情で、鹿神山で花を摘《つ》ませてもらって、アケシノやシノオ、己の母親のもとへせっせと花の配達人をしていた。

「ここはね、鹿神さまの隣山じゃなくて、魔王さまの山になったんだ」

「ふざけんな！」

「ふざけてないよ、ほんとだもん。……去年だったかなぁ、あけちゃんとこに行った帰りに鹿神さんとこ通らせてもらったんだよ。そしたら、鹿神さんから相談があるって言われてさ……」

世間話でもするようにミヨシは語り始める。

暇をしている手指で、腕のなかの人間の子の頬《ほお》を撫で、髪を梳《す》く。

「人間がこの山を切り崩すのって、ここ最近始めたことじゃないんだって。信太山、まかみ岩、鹿神山、その近隣の山、三つぐらい向こうの県の山まで……あぁ、県ってのは人間が区分している土地の分け方なんだけどさ、何年も計画して、何年もかけて調査してたらしくて、これからも長い年月かけて、すごく長い距離で山を切り拓《ひら》いていくんだって」

「…………」

ミヨシの意図が読めず、アケシノが口を閉ざすと、ミヨシは話を続けた。

「……で、もともと鹿神さまって人間がうるさいの嫌いなんだよ。でも、人間を追い出すほど攻撃的な性格でもない。かといって、この山に何年もヒトが出入りするのは耐えられない。けっこうお年寄りだしさ、ただでえさえ弱ってたのに、最期の最期にうるさいのはいやだったみたい。鹿神さん、俺に後を任せて死んじゃった」

この山がもっとうるさくなる前に、この世に見切りをつけてしまった。

「それで、成り行き上、お前がこの山の支配者になってんのか？」

「支配者っていうか、鹿神さんの後継に指名されたから、この山を守ってるだけだよ」

「黒御槌や白褒名は知ってんのか」

「知らない。言ってないしね。もちろん、おしのちゃんにも、ネイエちゃんにも、兄弟にも、君にも、誰にも言ってない」

「いつからこんなことやってんだ」

「去年くらいからちょっとずつ鹿神さんから引き継ぎ始めて、ちゃんとやり始めたのは、こっちに帰ってきた半年前くらい」

「この二ヵ月は」

「ずっとここにいた」

「ちょうど、人間どもの工事が止まった時期だな」

「そうだねぇ、しょっちゅう作業が止まるから、人間、焦って余計に失敗してるねぇ」

「ツラの皮が厚いな」

「内緒にしてたこと怒ってる？」

「あぁ」

「ごめんね」

「謝るなら、なんでこんなバカしてんのか説明しろ」

「あの建築会社の社長夫婦と政治家の態度が気に食わないから」

「お前がそんなくだらない理由でヒトを祟るわけねぇだろうが」

「…………」

ミヨシが両目を大きく見開き、瞬《まばた》きする。

「なんだ？」

「……あけちゃんには隠し事できないなぁ……って思った」

「当然だ」

「俺のことちゃんと分かってくれて、そんなふうに俺のこと見守ってくれてて、嬉しい」

「なら……」

「でも、本当のことなんだよ。これは、鹿神さんの仇討《かたきう》ちとか、誰かに頼まれたからってわけじゃなくて、俺の意志で、人間を祟ってるんだ」

「そんなに人間が嫌いか」

「嫌いっていうかさ……、どこの世界にも気に食わない種類の生き物って存在するだろ？……で、俺たちには、それを追い払ったり、追い出したり、祟ったり、呪ったり、そういうことができる力がある」

「…………」

「だって、あの夫婦、自分の子供を人身御供にしようとしたんだよ？　俺、子供を大事にしない親って嫌いなんだよね」

ミヨシは、眠る子の額を優しく撫でた。

前髪から覗《のぞ》くその額には、大きな傷跡がある。

「そのガキをどうするつもりだ」

「あの親がこの山に捨てたんだ。捨てたんだから、もう要《い》らないってことでしょ？　だから、もう俺のもの。俺の好きにするよ」

「犬猫とは訳が違う」

「犬猫じゃないもん。もう俺の子供だもん」

「…………」

こんなに聞き分けのない奴だっただろうか……。

よく知っている狐なのに、まったく知らない獣と話しているようだ。

雲を摑むような話し方しかしないミヨシに、アケシノの心はひどくざらついた。

＊

ミヨシは、鹿神の屋敷で暮らしていた。

竹藪《たけやぶ》の奥にひっそりと隠れるように佇《たたず》む書院造の屋敷だ。

鹿神が引退するのにあわせて、そのままそっくり引き継いだらしい。

外庭と中庭、倉がふたつと離れがあって、内風呂《うちぶろ》と外風呂があり、露天風呂もあった。

家具調度品は部屋ごとに統一されて、和室もあれば洋室もあり、洋灯や波斯絨毯《ペルシャじゅうたん》など、舶来品も多く見かけた。

「表玄関入って、中庭を正面に見て、右が台所。左奥に行くと表座敷。客間とかはそっち。玄関の真左はお客さんの待合室とか。どこでも好きに使っていいよ。俺とこの子は奥座敷の一番広い部屋で寝起きしてる。静かな部屋がいいなら、離れがおすすめ。離れは、奥座敷の向こう。渡り廊下で繋がってるよ。俺たちの部屋からすぐ」

ミヨシは、まるで昔から自分の家であったかのように屋敷を案内した。

「けっこう小さい時から何度も出入りしてたしね」

アケシノの知る以上に、ミヨシの行動範囲は広かったらしい。

アケシノの知らないミヨシの世界は、途轍《とてつ》もなく広く、計り知れない。

その昔、シノオも、「あいつは怖いもの知らずだから、平気で大神の縄張りをうろうろするし、好奇心旺盛《おうせい》すぎて、褒名の結界の外にも出ていってしまうし、ちょっと出かけたつもりで歩いていても、気づいたらあっという間に知らない場所に辿《たど》り着いているような奴だ」と心配していた。

本当に、その通りだと思う。

ミヨシは、鹿神山を起点に、信太山、まかみ岩、その周辺の山々すべてを見回っていた。毎日、いろんな経路、いろんな順序、いろんな方法で、だ。

ヒトが工事を始めようとしたなら、彼らを見つけて追い出していた。

鈴の音を聞かせて、祟っていた。

大怪我をさせるつもりはないらしく、同じところを何度もぐるぐると回らせてみたり、狐の嫁入りを降らせてみたり、朝一の作業前におどろおどろしい咆哮《ほうこう》を上げて脅かしてみたり、きれいな女に化けて騙《だま》して山奥へ誘い込み、真っ暗な夜の山中で迷わせてみたり、財布や書類を木の葉に変えてみたり、姿を隠して人間の足もとに忍び寄り、山を登る彼らの足を掬《すく》って転ばせたり、人間が掘り起こした山を翌朝には元通りにしておいたり、重機をすべて天地さかさまにしておいたり、人間が捨てたゴミを火種のないところで狐火で燃やしたり、飯場のメシをすべて砂や獣の糞《ふん》に変えてやって、人間が食べてから気づくようにしたり……。

ひとつひとつは大したことではないが、積み重なれば気味が悪く、実際的な損失も発生していて、災難に見舞われた人間が、「狐に化かされた」「祟りだ」「科学や言葉では説明できない」と二の腕を擦《さす》らずにはいられないような……、体ではなく心に重石《おもし》を乗せるような……、そんな陰湿な方法で人間を化かし、祟った。

低俗な野狐《やこ》のとる手法だ。

ミヨシのような神格の高い生き物がすべきことではない。

アケシノはそれを目の当たりにして、鹿神屋敷への逗留《とうりゅう》を決めた。

このまま引き下がるわけにはいかなかった。

このままミヨシがヒトを祟り続ければ、いずれは凶神に堕《お》ちてしまう。

それだけは阻止したい。

そうして、アケシノとミヨシと人間の子供の、奇妙な共同生活が始まった。

共同生活ではあるが、子供の世話はミヨシがしていて、彼への衣食住は過不足ない。

ミヨシは、下に弟が大勢いるからか、生来の面倒見の良さゆえか、子供のほうもミヨシに懐いていていた。

……そう、死んだと思っていたあの人間の子供は、生きていた。

昼間、人間が活動する時間にミヨシは留守がちで、アケシノはそんなミヨシを追いかけて説得を試み、夜は夜でミヨシと話をしようとしたが、どちらも空振りに終わった。

ミヨシの傍には常に人間の子供がいて、「この子にご飯食べさせて、便所行かせて、お昼寝させて、それから縄張りの巡回行く」とか「お風呂入れて、夜は早く寝かせないとだめだから」とか、とにかく、一日中、子供の世話と縄張り巡回に忙しく、話し合う時間がなかった。

鹿神屋敷に滞在して幾日目かの朝。

アケシノは日の出とともに起床した。

この屋敷では、アケシノも人間の姿で暮らしている。

家の造り的にもそのほうが暮らしやすく、あの人間の子供も驚かさずに済むからだ。

いつもの習慣で、アケシノは井戸水で顔を洗い、犬のようにぶるっと水を切る。

「……ちべたぃ」

アケシノの足もとで、人間の子供が呟《つぶや》いた。

寝乱れた寝間着のまま裸足《はだし》で庭先に立ち、アケシノの真後ろにいる。

子供がいたことには気づいていたが、だからといって気遣ってやるつもりはない。

その子は、顔に飛んだ冷たい水を、小さな手で拭《ぬぐ》っている。

どうやら、ちべたぃ、は、つめたい、と言ったつもりらしい。

歳《とし》の頃は、四つか、五つ。アケシノの弟たちと同じ年頃に見えたが、暇さえあれば畳を転がる双子よりも動きはずっとゆっくりで、喋りもおっとりだった。

目が弱いせいか、いつも目つきが悪く、眉間《みけん》に皺《しわ》を寄せて、両目を眇《すが》めるようにしていろんなものを見ていた。

「アケシノだ。当分、お前やミヨシと暮らす。……お前、名は？」

「カイリです」

「ハイカラな名前だな」

井戸水で絞った手拭いで、寝起きのカイリの顔を拭《ふ》いてやる。

井戸に蓋をして重石を置くと、「一人で井戸に近づくな」と言いつけて、離れに戻る。

カイリは、こちらの言うことをきちんと理解していて、それ以上、井戸には近づかず、アケシノの後ろをくっついて、尻尾を摑んできた。

人懐こい性格なのか、ほかに頼れるものがないと本能で分かっているからか、アケシノが「ついてくんな」と言っても、ついてくる。

アケシノが離れの縁側に腰かけ、朝露に濡《ぬ》れた庭を眺めていると、カイリはアケシノの足もとにしゃがみこんだ。

「……………」

アケシノはカイリを抱き上げ、隣に座らせる。

「あかいわんわん、助けてくれてありがとうございます」

カイリは、アケシノを見てそう言った。

カイリの前では一度も狼《おおかみ》の姿になっていないのに、言い当てられた。

やはり、この子供は目に見えるものに弱い分、目に見えないものには強いらしい。

そして、たった一度のことを忘れずにいる記憶力もあるらしい。

恩義を忘れぬ生き物は、人間のガキであっても可愛《かわい》げがある。

カイリについては、ミヨシから説明を受けていた。

カイリは土砂崩れに巻き込まれて死んだと聞いていたが、そうではないらしい。

カイリの両親が、目の弱いカイリをちゃんと見守らず、自宅内で転倒事故を起こさせたことが原因で、階段の一番上から落ちたらしい。

両親は、カイリが死んだと思ったそうだ。

なんせその時のカイリは頭から大量の血を流し、意識もなく、仮死状態だった。

放置していれば、そのまま脳の損傷で死んでいただろう。

仮死状態であることに気づかない両親は、こう思った。

「いまここで大事《おおごと》になったら、せっかく摑んだチャンスを逃してしまうわ」

「ただでさえこの高速道路建設には反対意見も多いし、収賄だ、談合だとメディアも騒いでいる。先生からも、身辺には充分な配慮をしろと注意を受けたばかりだ」

「ここでこのことが発覚したら、身の破滅よ」

「よし、カイリの遺体は開発中のあの山に埋めてしまおう」

「幸いにも、雨や土砂崩れが続いていて、足場も悪いし、何人も怪我人が出ているわ。どうしても父親の仕事を見たいと駄々を捏《こ》ねるカイリを連れていった日に、運悪く土砂崩れに巻き込まれて、滑落したことにしましょう。カイリは目が悪いし、みんなそれを知っているから、言い訳になるわ」

救急車を呼ぶより先にそこまで考えた両親は、車を走らせ、カイリを山に埋めた。

それどころか、山に着いてカイリを埋めながら、両親そろってこう言ったそうだ。

「どうしてもこの工事は完成させなくちゃならんのだ。カイリのことは人身御供に出したと思って諦めよう。カイリはこの山に捧げたんだ。山の神とやらも、きっとこれで怒りを鎮めてくれる。そうだ、そうに違いない、だから大丈夫だ、これで俺たちの仕事は安泰だ」

とんだ暴挙だ。

そう思うことで、己のしでかした愚かな現実から逃避したのだろう。

アケシノがこの夫婦から漏れ聞こえる思考を読んだ限りでは、そこまでは読み取れなかったが、だからこそミヨシは、カイリを人身御供のようなもの、と言ったのだろう。

「いまどき人身御供とか古いし、流行《はや》らないよね。それに、勝手に死体を捨てないで欲しいよね。ここはお前んちの墓じゃねぇぞ、って感じ」

ミヨシは笑っていたが、笑い事ではない。

地中に埋められたカイリが助かったのは、巡回中のミヨシが見つけたからだ。仮死状態から息を吹き返したのも、ミヨシが力を分け与え、傷の手当てを行い、鹿神屋敷へ連れ帰り、狐の毛皮で温めたからだ。

「ミヨシはどうした？　もうでかけたか」

「まだ寝てます」

アケシノの尻尾を腹に乗せて、カイリが答える。

「寝坊か、珍しいな」

昼も夜も忙しいのなら、朝のうちに話をしようと思ったが、ミヨシが眠っているなら起こすのも可哀想《かわいそう》だ。

「ミヨシ君、しんどい、つかれた……って」

「あいつ、疲れてんのか？」

「……？」

詳しくは分からないようで、縁側から投げ出した両足をぱたぱたさせる。

ぼんやり、ぽやっとして、頼りない。

人間のガキっていうのは、こんなにも無防備で弱々しいものなのかとアケシノは驚く。

すずは利発で、双子たちは活発だ。意思がハッキリしていて、自己主張のある子供しか知らないから、もしかしたら人間の子供は、これで年相応なのかもしれない。

意志疎通はなんとかできるから、愚かではないはずだ。

「お前、状況分かってんのか？」

「…………」

返事はなく、アケシノの尻尾をふぁふぁ、毛並みに沿って撫でる。

「お前、親のところへ帰りたいか？」

「みよし君とあけしの君と一緒にいたい」

いまはそう言っても、そのうち親を恋しがるのではないか……。

カイリの親がろくでもないことは承知しているが、ヒトは移り気な生き物だ。

まぁ、カイリがどうするにせよ、いまここにいたいと言うなら、カイリの気が済むまでここで好きなようにすればいい。

だが、その為には、拾った責任のあるミヨシと、それを容認したアケシノの口から、人間と違う世界で生きることの意味や、人間社会との差異、人間と神仏との思考の違いなどを説明する必要がある。

いままでと同じ物差しでは生きていけないことを教えてやる必要がある。

「おい、カイリ……、……っ！」

カイリは尻尾を撫でていたかと思うと、大きな欠伸《あくび》をして、上半身だけ急に前のめりに倒れ、ぼふっ、と顔面から尻尾に突っ伏した。

顔を尻尾に埋めて、唐突に眠ってしまった。

ぎょっとしたが、眠る子を起こすわけにもいかず、じっと同じ体勢を保つ。

カイリは、すよすよ、よく眠っている。

「……あけ、アケシノ、起きてる？」

襖《ふすま》の向こうからミヨシが声をかけてきた。

「あぁ」

「ごめん、朝早くに。……カイリこっちに来てない？」

「来てる」

「ごめん、寝坊した。……起きたら隣にカイリいなくて、匂《にお》い辿ってきたらこっちだったから……。そこにいるなら安心した。すぐに朝ご飯の支度するから、もうちょっと見ててくれる？」

「請け負った」

「ありがと」

ミヨシは襖の向こうだけで会話を終えて、台所へ向かう。

ミヨシは変なところで父親に似ていて、「嫁入り前の好いた子が寝室にいる時は、特に、それが朝の身支度を整える前ならば、その者の許しなく部屋へ立ち入るな。寝乱れた姿を見ていいのは、夫だけだ」という厳格な父の教えを守っている。

風邪《かぜ》で寝込んだ時にもう寝顔を見られているから構わないのだが、律儀な奴だ。

その時、ミヨシは確か、「でも、うちの母さん、すっごい寝癖ひどくてさ、毎朝、父さんに直してもらってんだよね。……あ、結婚してるからそれでいいのか」とも言っていた。

ミヨシがそういう夫婦に憧《あこが》れているのが、その会話からなんとなく伝わってきた。

「……ったく」

寝癖を直させてやることも、寝起きを見せることも二度とないが、朝メシの支度くらいなら手伝ってやれる。

アケシノは、そぅっと尻尾を引き抜いて立ち上がった。

途端、カイリが、ぱ！　と目を醒《さ》まし、アケシノの尻尾を握る。

「どこ行くの」

不安をめいっぱい顔に浮かべて、くしゃりと泣き顔になった。

なるほど、ぼんやりしていて、「こいつ、状況をよく分かってないな？」と思っていたが、どうやらこの状況に不安を覚えているし、戸惑いも持ち合わせているらしい。

縋《すが》るべき強者を誰か弁《わきま》えていて、その者の庇護《ひご》に与《あずか》ろうとしている。

放り出されることはおそろしいことだと、本能で理解している。

「ミヨシが朝メシを作る。それを手伝いに行く。……お前も行くぞ」

「うん」

「うん、ではなく、はい、だ」

「はい」

「よし」

カイリの腹を抱いて掬い上げ、肩車する。

カイリが両手を右往左往していたので三角耳を出してやると、そこを、きゅっと握って頭に抱きついてきた。

まぁ、しょうがない。

アケシノは、頼られるのが好きな性分だと自分を知っている。

アケシノはミヨシに命を助けられた。

ミヨシはカイリを助けた。

アケシノは、恩を仇《あだ》で返さぬ大神だ。

＊

カイリはかなり目が弱い。

食事ひとつにしても、自力で食べようとすると食器を摑み損ねたり、上手に箸《はし》を使えず食べ物を落としたりする。

毎朝、カイリはミヨシの膝に乗せてもらって、世話を焼いてもらっている。

今朝《けさ》の献立は、サンドイッチだった。

ベーコンと目玉焼き、ふわふわ卵のスクランブルエッグ、トマトとキュウリ、ハムにレタス、鶏肉のケチャップ煮込み、いろんなものが挟んであった。

カイリは、小さな手でも持てる大きさのサンドイッチを両手で持って、もぐもぐ。

胡坐《あぐら》をかいたミヨシの膝にちょこんとお尻を落ち着けて食べている。

枝豆のスープと、付け合わせに温野菜。ヨーグルトとジャムと果物。

鍋《なべ》で作ったココアには、マシュマロや生クリーム。

どれも初めて見るもので、カイリよりもアケシノのほうが警戒していた。

「あけちゃん、昼はちゃんとした和食を作るから、朝はこれで……」

「馳走《ちそう》になるんだ、文句は言わん。……が、お前、いつの間にこんな小洒落たモノを習得した」

「うちんち、毎週日曜日の朝は洋食だったからさ……。カイリも、白ご飯に干物と味噌汁《みそしる》と和《あ》え物より、こっちのほうが食べやすそうだったし、たくさん食べてくれるんだよね。

カイリ、ほっぺにマヨネーズついてる」

ミヨシはカイリの頬を拭って、その指をぺろりと舐《な》める。

それを正面に見ながら、アケシノはサンドイッチを頬張った。

馴染《なじ》みのない種々多様な味が口の中いっぱいに広がって、思わず眉《まゆ》を顰《ひそ》めた。

「やっぱり洋食ダメ？」

「……いや」

口元を手で押さえ、ほとんど噛まずに飲み下す。

作った本人を前にして失礼だとは思ったが、口に合わないと思った。

塩気のあるスープも、乳臭い乳製品も、パンにマヨネーズやバターの味も、味付けされた鶏肉も、すべて好きではなかった。温野菜はまだマシだったが、添えられていたレモン風味のドレッシングとやらは嫌いだった。

だが、不思議なもので、生クリームの乗ったココアとやらは飲めた。

食べ物に好き嫌いはないと思っていたが、吐きたくなるほど口に合わないものや、湯水のごとく大量に飲みたい甘い飲み物があることを、アケシノはこの歳になって初めて知った。

その日の昼は和食だったが、それもまた同じだった。

どれも好きな味ではなかった。

ミヨシは、あまり箸の進まないアケシノを気にしていた。

アケシノは何度もミヨシの手料理を食べたことがあったが、どれも美味《うま》かったと記憶している。

料理が下手なはずはない。

カイリも美味《おい》しそうに食べている。

昼食に至っては、アケシノよりもカイリのほうがたくさん食べていたほどだ。

となると、アケシノの味覚の問題だろう。

二ヵ月前に、一度は死にかけたのだ。

ミヨシの力をもらって生き永らえたのだ。

大神に神狐の精気が混じって、味覚も変化したのかもしれない。

この二ヵ月、いつも通り自分で食料を調達し、単純な食べ物しか食べてこなかった。

肉ならば生肉、もしくは火で炙《あぶ》っただけで味付けはナシ。草や葉っぱ、木の実も手を加えず、そのまま食べる生活だった。

味付けされた料理を食べるのは随分と久しぶりで、余計に味覚も鋭敏になっているのだろう。

だから、気づかなかったのかもしれない。

そういうことにしておいた。

昼食の片づけを終えた昼過ぎ、ミヨシは縄張りの巡回へ出かけた。

いままではカイリも一緒に連れていっていたらしいが、いまはアケシノがいるからか、留守番と子守りを頼まれた。

ほぼほぼ初対面だったが、カイリとは互いに適度な距離で昼寝をし、……アケシノが目を醒ました時には、カイリはまた尻尾に突っ伏して寝ていたが……、ミヨシが用意していったおやつをカイリに与え、アケシノも饅頭《まんじゅう》を食べ、いつもの饅頭なのにやっぱり美味いとは思えず、水を飲んで胃の腑《ふ》へ流し込んだ。

午前中、カイリを観察して分かったことは、カイリが歩く時は、それが外であろうと、廊下であろうと、いつもミヨシの尻尾を摑んでいるということだ。

おそらく、そうしないと、不慣れな場所では歩くこともままならぬのだろう。

一人で歩くと、曲がり角で体をぶつけたり、わずかな段差で躓《つまず》いたり、なにもない平坦な廊下の模様を蛇と間違えて驚いたり、おっかなびっくり、いつも以上にゆっくりな行動になる。

尻尾を摑んで歩くのは、目の代わり。

そして、尻尾を摑んでいると安心するのだろう。

いつもミヨシの後ろを、尻尾をしっかり握る幼児がよたよたとついて回っていた。

午後、ミヨシが留守をしている間はじっと座っているか、ぼんやりしていた。

ぼんやりも極まると、歌を歌い始め、それに疲れると、うたた寝を始める。

見えないものが多いせいか、動きたくても動けず、できる限り動かずに、目を使わずに、体を使わずにできることをして、でも、世界がはっきりしないからすぐに眠くなる。

もしかしたら、親から「動くな」と言われて育てられたのかもしれない。

動けばそれだけ親は追いかけ回さなくてはいけないし、怪我をする確率も上がる。

だが、子供を生き埋めにするような親だ。到底、目を配り、心を配るようには思えなかったし、人間がなにを考えているかなど、アケシノの知ったことではなかった。

アケシノは、ただ尻尾を出して生活するだけだ。

そうしておけば、ミヨシが留守の間も、アケシノが移動するのにあわせてカイリが尻尾を摑んで後ろをくっついてくる。

昼寝から起きると、アケシノは、カイリを後ろにくっつけて屋敷を見て回った。

ここはもうすっかりミヨシの縄張りになっているようで、どこもかしこもミヨシの気配がした。

アケシノからしてみれば温かみのある良い家だったが、二人のほかは、住んでいる者も、屋敷を出入りする者も、親しく訪ねてくる者もいないようで、そこだけは寒々しかった。

そう、この家は、世間とのかかわりがないのだ。

信太にいた頃は、ミヨシを慕って猫の親子が訪ねてきた。ミヨシが「おはよう」と微笑みかけると、ぽん！　と芽吹く花の精がいた。庭で行列を成す蟻《あり》も、ミヨシが呼んだ時にだけ出てくる池の鯉《こい》も、この家の庭にもそれらはいるだろうに、姿を見せない。

この山に住んでいるありとあらゆる生き物が、誰も、なにも、ないのだ。

おそろしいほどに静かで、皆がミヨシの成すことに怯えて、息を潜めていた。

ミヨシが彼らを傷つけることはないが、ミヨシの人間への態度を見ていると、もし、その矛先が自分たちへ向けられたら……と思うと、恐ろしくて仕方ないのだろう。

いまはまだあの程度で済んでいるが、もし、アケシノを襲った大烏《おおがらす》にしたようなことを人間や同胞にし始めたなら……。

「あけしの君」

「なんだ？」

尻尾を引かれて、アケシノは立ち止まった。

カイリは、ちょうどアケシノの尻尾一尾分ある水溜《みずた》まりの前で立ち往生していた。

「それぐらい飛んで跳ねて飛び越えろ」

「よごれちゃう」

「………」

ふん、と肩で笑い、カイリの後ろ首を抓《つま》み上げ、肩車をする。

もうすっかり学習したカイリは、アケシノが耳を出せばそれを掴んで頭を抱きしめてくる。

「次は飛び越えろ。服も体も汚していい」

「こわいです」

「手を繋いでやるし、転びそうになったら受け止めてやる」

「がんばります」

「あぁ、頑張れ。……なぁ、カイリ」

「はい」

「お前、目が見えたらなにがしたい？」

「みよし君とあけしの君のお顔をちゃんと見たいです」

「顔を見てどうすんだ？」

「美味しいものを食べた時の二人のお顔とか、笑ってる時のお顔とか、寝てる時のお顔とか、怒ってる時のお顔とか見たいです。それから、木の実をとりたいです。みよし君とあけしの君にとってあげたいです。それでね、しっぽ、ふぁふぁしてあげて、……」

「人間は強欲だな」

こんなに小さいのに、もうやりたいことがこんなにたくさんある。

やりたいことを尋ねた途端、饒舌《じょうぜつ》になって、これでもかと意思を伝えてくる。

けれども、この子は、ミヨシとアケシノの為にしてあげたいことばかりで、自分の為にしたいことはなにも言わない。

無欲だ。

だからこそ、ミヨシもカイリを助けたのだろう。

「カイリ、お前がしたいことは？」

「……………」

「返事は次でいい、考えろ」

「はいっ」

アケシノの耳と耳の間に、もふっとほっぺを埋めてカイリが返事をした。

立派ないい返事だった。

＊

アケシノは、自分一人だと無頓着《むとんちゃく》だ。

守るものも、生き甲斐《がい》も、執着するものもないせいか、人の真似事《まねごと》をして、世間に迎合して生きるよりも、獣らしさ、大神らしさに生き様を見出して生きている。

それが、ミヨシには自暴自棄な生き方に見える。

その自暴自棄が改善されたのは、カイリのお陰だ。

カイリがいると、アケシノは、否が応にも相手をせざるを得ない。

もともとは面倒見のいい性格だ。

庇護すべき生き物を見捨てられない慈悲深い生き物だ。

大神の群れがアケシノ一人になってから、アケシノは誰とも会話せず、一日中ぼんやりして、最低限の餌《えさ》だけ食べて眠るだけの生活をしていた。

アケシノは、他人とのコミュニケーションを成り立たせるのがシノオ以上に下手なところがあって、言葉よりも行動で示すことが多い。

カイリの世話を焼くことで、強制的に他者とかかわりを持つことになって、それが良い方向に働いている。そんな印象を受けた。

ミヨシが留守の間、アケシノが世話を焼かないとカイリはご飯も食べられず、便所の場所も分からず、風呂にも一人で入れず、危険な場所にも知らず知らず立ち入ってしまうし、一人では生活できずに死んでしまう。

獣なら、そういう弱い生き物は淘汰《とうた》されて当然だと諦めるが、アケシノは優しいから、絶対に見捨てない。

それと同じで、ミヨシのことも見捨てない。

ミヨシのことを放っておかない。

どうにかしてミヨシを更生させようと一所懸命になってくれる。

ミヨシは、アケシノがこの鹿神屋敷で暮らしてくれるとは思いもしなかった。

てっきり、頭ごなしに怒鳴られて、耳を引っ張って連れて帰られるのだと思っていた。

やっぱりアケシノは優しい。

ミヨシのすることを否定せず、理解することから始めてくれた。

なんとかしてヒトを祟るのはやめろと説得はしてくるが、まず、ミヨシの考えや意見を訊《き》いて、尊重して、そのうえでの対処を考えてくれた。

「……っんで、お前は……っ、帰ってくるなり……っ！」

「まぁまぁまぁ」

猫撫で声でへりくだりつつ、アケシノを寝床に押し倒す。

顔が真横を向くくらい強く押し返されながらも、ミヨシはさらにそれを押し返すほどの力でアケシノに覆いかぶさる。

「カイリが寝た途端……っ、今夜こそは、話し合いを……！」

「二ヵ月前のやつ気持ち良かったでしょ？　あれ、もう一回してあげる」

「あれは必要に迫られてだろうが……っ」

「だから、今回は仕切り直し」

力押しなら、もう負けない。

ミヨシはじわじわとアケシノを押さえ込み、布団に磔《はりつけ》にする。

でも、力押しだけじゃなく、ちゃんとアケシノに体を開かせることも忘れない。

股《また》の間に太腿《ふともも》を割り込ませ、膝頭でゆるくそこを圧迫する。

「……っ」

「すぐおっきくなるね」

「ば、か、……お前が、やらしいことするから……」

「うん。ごめんね。……でも、一人寝はもういやなんだ」

「いつもカイリと一緒に寝てんだろうが」

「そういうのとは違うって分かってるくせに」

「ん、ぅ」

短く、息を呑《の》む。

喉《のど》の奥を引き攣《つ》らせて、ミヨシから視線を外す。

その仕草が生娘らしくて可愛い。

自分を取り繕うことに必死になって、着物の裾《すそ》を割られていることにも気づかない。

抵抗は、弱い。

アケシノは、押し切られると弱い。

気持ちいいことにも免疫がない。

「っ、ぁ……」

「本気で抵抗して。そしたら諦める」

「んなことしたら……っ」

「したら？」

「お前が怪我する」

「……すき」

「は？　おい……っ、ミヨシ！　こら、ミヨシ……っ、み、……ょし……」

「んぅ……きもひ、ぃいの……しか、しないから」

下穿《したば》きの上から、アケシノの一物を食《は》む。

おいしい。好きな子の匂いと味がする。

好きすぎて、耳と尻尾が我慢できない。

「み、ょし……」

奥歯を噛みしめて、アケシノがミヨシの両耳を摑む。

けれども、耳を引き千切るくらい引っ張らないのがアケシノの優しいところだ。

「ここ、きらい？」

はぐ、ぁぐ。

右の鼠蹊部《そけいぶ》に沿って重くなり始めた陰茎を、唇で噛む。

内腿に頰ずりして、またぐらに顔を埋め、すん、と鼻を鳴らして匂いを嗅《か》ぐ。

大好きなメスのにおいがする。

匂いが鼻腔《びこう》にクるだけで、ミヨシの股間《こかん》がずきずきと痛む。

アケシノのにおいを嗅いでいるだけで、勝手に出そうになる。

「よだれ、いっぱい出る……」

「だめだ、やめろ……っ、そんなとこ……、汚い」

「汚いならきれいにしていい？　……っはぁ、いいにおい、すき……、ここからいっぱいやらしいの滲《にじ》んでる」

鈴口から先走りが滲み出て、じわりと下着に染みる。

赤ん坊が乳を吸うように、音を立てて布地ごと吸う。

びくっ、とアケシノの腰が跳ねた。

同じことを二度三度すると、面白いくらいびくびく震える。

ちらりと上目遣いでアケシノを見やれば、ミヨシの枕《まくら》を抱えて顔を隠していた。

顔は見えないけれど、耳が出ているので、大体どんな感じか分かる。

これは、きもちいい時の耳。

シノオやミヨシに毛繕いされている時と同じように、耳がくったりとろけてる。

でも、顔が見たい。

「あけちゃん、顔見せて……」

そうして枕を引き剝《は》がすと、アケシノがミヨシを睨《にら》んでいた。

瞳をめいっぱい吊り上げて、渾身《こんしん》の出来であろう恐《こわ》い顔を作って、唇を真一文字に引き結び、ぎゅっと奥歯を嚙みしめて、ミヨシを睨みつけていた。

ただ、吊り上げた瞳とは対照的に、気持ち良さで眉尻が下がっていた。

目尻は朱に染まった涙目で、精一杯の恐い顔も気持ち良さを我慢した愛らしい表情で、真一文字に引き結んだ唇は、すこしミヨシが太腿を撫でるととろけてゆるみ、噛みしめた奥歯の代わりに犬歯が唇を噛むのが痛々しくも健気《けなげ》に映る。

アケシノのめいっぱいの抵抗が、愛らしかった。

自分をけっして見失わない強さに射抜かれて、ミヨシの陰茎は余計に膨らんだ。

この大神の、こういうところに惚《ほ》れたのだ。

すぐに誰かに甘えてしまう自分と違って、一人で生き抜く強さのあるこの人の、そういう脆《もろ》さに惚れたのだ。

ミヨシが求めるたびに素っ気なくするくせに、この強い生き物が完璧《かんぺき》に拒みきれない弱さを見せてくれる瞬間に、恋に落ちたのだ。

「すき」

「それさえ言えば許されると思ってんのか」

「思ってない。でも、アケシノにこうすることを許されるくらい俺は君の特別なんだって自惚《うぬぼ》れてる」

「………………」

「もうすこし自惚れさせて。……最後まではしないから」

可哀想な俺を、許して。

一人でずっと頑張ってきたんだ。

皆から好かれてきた「すず」が、皆に嫌われる「魔王さま」になったんだ。

自分で選んだ道だけど、苦しかったんだ。

「もう、アケシノとカイリしか傍にいてくれないんだ」

「……ミヨシ」

アケシノの腕が、ミヨシの背に回る。

ほら、やっぱり俺はアケシノの特別だ。

「アケシノ……」

「お前のその言葉が神狐の語る本音でも、俺を籠絡《ろうらく》する為の魔狐の甘言でも、どちらでも構わない。いまは、お前に騙されてやる」

「……うん」

「はい、ありがとうございます、だろうが」

「はい、ありがとうございます」

アケシノはやさしい。

絶対にミヨシを許してくれる。

優しさにつけ入るのは心苦しいけれど、ミヨシはそれをやめない。

アケシノを手に入れる為だったら、どんな無様でも見せるし、どんなかっこ悪い自分でも隠さないし、なんだってする。

たとえ、アケシノに胸のうちを見透かされていても、それでアケシノの同情を買えるならそうする。

ミヨシは格好悪い男なのだ。

ミヨシを心配するアケシノの優しさに甘えて、傍にいてもらうのだ。

箱入り息子のアケシノに手を出す責任は覚悟している。

既成事実を作ってしまえばいいと思っている自分もいる。

シノオを助ける為にしか交尾をしたことがないアケシノは、気持ちいいことに免疫がないことも分かっていて、その手段を使う。

ミヨシとの交尾が気持ち良くて、なし崩しのうちにハマってくれたなら儲《もう》けもの。

心が落ちないから、体から。

ミヨシは手段を選ばない。

「……ぅ、ぁ」

下穿きに覆い隠された秘所で、アケシノが達した。

布地越しの、こんなゆるやかな刺激でさえ、悦楽に慣れぬアケシノは射精する。

深い呼吸をゆっくりと繰り返すたび、アケシノの腹筋が大きく膨らみ、へこむ。

ミヨシは、アケシノの下穿きを横にずらすと、鼠蹊部に伝う精液をじゅるりと音を立てて啜《すす》り、喉奥で味わい、一滴も残さず舐めしゃぶる。

びく、と、またアケシノの腰が跳ねて、今度は爪先《つまさき》まで持ち上がる。

下穿きと肌の間で糸を引く種汁も舌で絡めて舐めとり、ちゅ、と音を立てて、いくつも唇を落とし、腰骨のほうまで痕《あと》を残す。

その頃にはまた陰茎が芯《しん》を持ち始めて、裏筋をひくつかせていた。

腰骨のへこみに歯を立て、腹筋に添って舐め上げ、臍《へそ》のなかに舌を潜り込ませ、二度目は掌《てのひら》でアケシノの陰茎を揉《も》みこむ。

下着越しではなく、直接、ミヨシの指で可愛がる。

「……みよし」

「なに？」

「手、やめろ……」

「いや？　どうして？」

「きつい……ちょくせつ、するの……やめろ……」

「あぁ、ごめんね。……やさしくするね」

下着越しの愛撫《あいぶ》に戻す。

あまり使っていない陰茎は、直接的な刺激に弱いらしい。

抵抗を諦めてくれたのか、ミヨシを受け入れてくれたのか、アケシノの要望を好意的なものだと捉《とら》えて、ミヨシの口端が持ち上がる。

「この胎《はら》で、俺のこと気持ち良くしてくれたんだよね」

アケシノの胎に、唇を落とす。

愛《いと》しさがこみあげてくる。

温かくて、とくとくと脈打って、ミヨシの子を孕んで、育ててくれる場所。

臍の下を甘噛みして、唇で食み、ミヨシは、アケシノの下腹に頬を寄せた。

「……？」

ミヨシは眉根を寄せ、下腹を撫で上げ、感触を確かめる。

「…………カイリ！」

「……ぃ、だっ！」

アケシノに腹を蹴られて、ミヨシは布団に尻餅《しりもち》をついた。

アケシノは着物を手早く掻き合わせると、カイリに駆け寄った。

「…………あけしのくん、ごめんなさぃ」

隣の部屋で寝ていたカイリが、襖の敷居に立っていた。

「寝小便したのか？」

「はい」

「一人で起きれて偉かったな」

寝間着を濡らすカイリを膝に抱き、アケシノが尻尾で涙を拭いてやる。

しくしく、しゅんしゅん。カイリは静かに泣いて、ごめんなさい、を繰り返す。

「ミヨシ」

さっきよりも一段低い声で、アケシノがミヨシを呼ばわった。

「はい」

「とっとと風呂の支度でもしろ！　このドスケベが！」

「はい！」

大慌てで立ち上がって、ミヨシは風呂へ走った。

張り詰めた股間が痛くて、途中の廊下で蹲《うずくま》った。

【4】

「おうちにかえりたい」

半月も経ったある日、カイリがそう言った。

ミヨシとアケシノが返答に窮していると、カイリは「家に帰りたい」と泣き出した。

「お母さんとお父さんのところに帰りたい」

しくしくめそめそ泣くばかりで、どうして帰りたいのか質問しても要領を得なかった。

どれだけ宥《なだ》め賺《すか》しても、どれだけご機嫌をとっても、だめだった。

カイリの両親がカイリにどんなことをしたか、それをそのまま伝えるのは酷《こく》で、「お前は両親に捨てられたのだ」と現実を突きつけるわけにもいかず、真綿で包《くる》むような言葉ばかりを選んで、カイリがあの両親のもとへ戻ったらまた怪我をさせられるかもしれないということを伝えた。

傷つけないように、悲しませないように、説得した。

でも、だめだった。

「かえりたい……」

泣きじゃくって、呼吸困難になって、このまま死んでしまいそうだった。

カイリは泣き疲れるまで喚《わめ》き泣き、ミヨシとアケシノを困らせた。

この子はこんなに大きな声を出せるのだと、初めて知った。

若い二人が小さな子に翻弄《ほんろう》されて一日が終わった。

「父さんと母さんの見様見真似で親の真似事してたけどさ、やっぱり本物の親には勝てないんだよね……」

布団に寝かせたカイリの傍で、ミヨシとアケシノは幼な子の寝顔を見ていた。

泣きすぎて目の周りが爛《ただ》れて、涙のあとがいくつも残っている。

「なにをしても駄目だったな」

お気に入りの尻尾を出してやっても、耳を摑ませて肩車をしてやっても、ミヨシと一緒に風呂に入っても、大好きなおかずを食卓にめいっぱい並べても、本物のお父さんとお母さんには敵わなかった。

「カイリを両親のもとへ帰らせたら、絶対にまた怪我をさせられる」

「次は即死かもな」

「死んじゃったら、俺では助けられない」

前回は、まだかすかに息があったからミヨシでも助けられた。

でも、もし、心臓が止まってしまったら、魂が肉体から抜けてしまったら……。

ミヨシやアケシノの力では助けられない。

「帰らせるもんじゃねぇな、あの親のもとへは」

ほんのすこし見ただけだが、アケシノでさえ虫唾《むしず》の走る親だった。

けれども、カイリは帰りたいと願うのだ。

純粋に、子供らしい欲求で、親を恋しがるのだ。

どんな親であっても、親を慕う子供らしさゆえに、帰りたいと泣くのだ。

ひどいことをされた時よりも、無視をされていた時よりも、ほんの気まぐれで優しくしてくれた時の親を思い出して、恋しがるのだ。

この感情だけは、どうにもならない。

未熟なミヨシとアケシノでは、この感情に勝る説得力を持っていない。

「もう二、三日様子を見て、それでも変わらないなら……」

「返すのか？」

「……うん」

胡坐をかいたミヨシが、自分の前髪をぐしゃりと掻き乱して、肩で息を吐く。

カイリを拾ったのはミヨシだ。

カイリの一番ひどい状態を見ているのもミヨシだ。

返したくないのだろう。

「……あけちゃん」

「なんだ？」

「俺、もう自分でなんでもできるって天狗《てんぐ》になってたけどさ、ぜんぜんだめだった」

「ぜんぜんだめというわけでもない」

「でも……」

「子供なりによく頑張ったほうじゃないか？　俺も、お前も」

でも、親には敵わない。

無条件に親を乞《こ》い慕う気持ちには、ミヨシとアケシノでは応《こた》えられない。

それから丸二日、カイリは食事もせず、布団からも起き上がれず、昼も、夜も、疲れて眠る以外は泣き続けた。

親元へ返しても、返さなくても、いずれは死んでしまうと思った。

二日目の夜遅く、ミヨシとアケシノはカイリを抱いて人里に下りた。

＊

最近の人間の子は聡《さと》い。

こんなに小さいのに、自分の家の住所を正しく言える。

泣きじゃくるカイリから家の場所を聞き出し、その近辺まで赴くと、そこから先は一軒一軒確かめるよりカイリと同じ匂いのする人間の痕跡《こんせき》を辿ったほうが早かった。

住所の近くまで間違えずに進めたのも、自宅を簡単に見つけられたのも、人間社会に慣れているミヨシのお陰だ。

アケシノは嗅ぎ慣れない人間臭さで鼻が馬鹿になって、何度もえずいて、嘔吐《おうと》しそうになった。すんでのところでこらえて無様は晒《さら》さずに済んだが、長居する場所じゃないと身をもって学んだ。

「あけちゃん、先に山に戻ってなよ」

眉間に皺を寄せ、見るからに険しい表情のアケシノに、ミヨシが苦笑している。

言葉や表情はあっさりと軽めだが、本当にアケシノを心配しているようで、「本当に無理しないで。体調崩したら元も子もないから」と真剣な口調で言ってきた。

「うっせぇ。お前ができるんなら俺にもできる」

気遣いのしつこいミヨシに悪態をつき、強がってみせた。

「顔面、引き攣ってるよ。俺はこっちの空気にも慣れてるから大丈夫だけどさ、まだ当分、ここと鹿神屋敷を往復する日が続くから、最初から無理しちゃだめだよ」

「交代だ、交代。こういうのは交代でやるんだよ」

「でも、これは俺の責任だから……」

「俺とお前の責任だろうが。大神の俺に中途半端なことやらせんじゃねぇよ」

アケシノはミヨシの背中を蹴って、薄暗い人家へ視線を巡らせる。

昨日の夜、カイリを両親のもとへ送り届けた。

朝、母親が新聞を取りに玄関を出たところでカイリを見つけ、「ひぃっ！」と叫んだ。

そりゃそうだろう。

山に埋めた子が、上等の綿布団に包まれて、すよすよと玄関前で眠っているのだ。

母親は、泣いて喜ぶことも、カイリを抱いて家へ入ることもなく、カイリをそのまま放置して大急ぎで屋内へ戻り、まだ眠っている夫を起こして、再び玄関へ戻ってきた。

カイリの父親は、カイリが生きていることを確かめると、布団ごと荷物のように引きずってカイリを家の中へ入れた。

そこから先はまぁ想像に容易《たやす》い。

なぜ生きているのか、どうやって戻ってきたのか、誰の仕業なのか。当たり前の疑問にひとしきり頭を悩ませ、最後には、「お前が掘り起こしたんじゃないだろうな!?」とか「あなたこそ！」と怒鳴り合いを始めた。

カイリの家はわりと大きな家で、立派な塀と門に囲まれた内側に、洋風の庭園とプール、母屋と離れがあった。表門から玄関までが森のような庭園に隠されていて、大樹が何本も育っていた。

アケシノとミヨシは、その森のような庭の、大振りの枝に並んで腰かけ、家の様子を窺っていた。

あれだけ怒鳴っていても、隣近所に聞こえないくらいの敷地だ。

それでも、ミヨシとアケシノの耳にはよく聞こえていて、状況は筒抜けだった。

「もう何日か様子を見たほうがよさそうだね」

「あぁ」

二人の意見は合致した。

その日から、カイリに気づかれないように、近くで見守ることにした。

特に期限は決めなかったが、ミヨシは、あれでもいちおう鹿神山を守る責務があるので、ミヨシとアケシノが交代で、カイリを見守ることになった。

送り届けた初日の朝、カイリは両親の怒鳴り合う声で目を醒ました。

両親は怒鳴り合いをやめて、カイリに「どうやって戻ってきた」とか「誰かに連れてこられたのか」とか、いま正に言い争っていた内容をカイリにぶつけた。

「赤いわんわんと黒いわんわんが、助けてくれたの。みよし君と、あけしの君」

「もっとちゃんとはっきり言いなさい！　なんで戻ってきたの！」

「会いたかったの」

「もう！　なんなのよあなた!!」

母親は混乱しているようで、カイリをずっと怒鳴りつけていた。

「朝、山へ探しに行って見つかったことにするか……」

父親のほうは、いままでついてきた嘘との整合性を持たせる為に、今後どうやって嘘を塗り重ねるか、そればかりを考えていた。

ひとまず、カイリが生きていたことは夫婦の秘密とされた。

母親はいつも通り専業主婦として、父親はいつも通り自分の会社へ出勤した。

母親は戸惑いながらカイリを遠巻きに見ていたが、夫に「田舎臭い。風呂へ入れて、その気味の悪い服をなんとかしろ。通いの家政婦も断れ」と言われたことを実行した。

「なによ、これ……正絹の着物じゃない……いやだ、帯まで……なにこれ……」

母親は、カイリの着物を脱がせ、風呂に入れ、洋服に着替えさせる間、まるで狐につままれたような表情だった。

風呂場でカイリの頭を洗っている時も、その頭部に階段から落ちた時の傷があるのを確認して、「……あなた、死んだんじゃなかったの？」と呟いた。

「死んだけどね、かわいい鈴の音が聞こえてね、みよし君が、ふー……って息をくれたら、おなかぽかぽかしてね、おめめ醒めたら竜宮城にいたの」

「みよし君って誰なのよ。どんな人？　男の人なの？　その人がカイリを助けたの？」

「みよし君は、黒いわんわん」

「犬？　犬を飼ってる人だったの？　カイリ！　ちゃんと答えなさい！」

「わんわんのお名前がみよし君なの」

「犬が助けるわけないじゃない！　ふざけないで！」

大人げなく声を荒らげ、シャワーヘッドで浴室の壁を叩き、カイリを恫喝《どうかつ》する。

風呂から上がったあとも、何事につけてもそんな調子で、ただそれを見ているしかできないアケシノは、奥歯をぎしぎしと噛みしめた。

ミヨシが鹿神山の様子を見に戻っているから、いまはアケシノ一人でカイリを見守っている。

カイリを連れ戻せる……と、そんな魔が差したが、我慢した。

あんな母親でも会えて嬉しいのだろう。

カイリはずっと母親の後ろをついて歩いていた。

可哀想に、尻尾を掴む生活に慣れてしまったから、手癖で尻尾を掴もうとして、カイリの小さな手が宙を掻いていた。

宙を掻いたその手で、母親の尻のあたりを触ってしまい、「どこで覚えたの！　そんなこと！」とまた怒鳴られていた。

この調子が続けば、母親が心神耗弱《しんしんこうじゃく》に陥るのが先か、カイリがまた怪我をさせられるのが先か、怒鳴られすぎて心の病になってしまうのが先か……という様子だった。

カイリは、母親が「どこにいたの？　誰といたの？　ご飯はどうしたの？　あのお布団や着物はなに？　みよし君とあけしの君はどんな人なの？」と矢継ぎ早に尋ねる質問に、できるだけちゃんと答えようとしていた。

けれども、ミヨシやアケシノと一緒に暮らしていた時のことを話せば話すほど、気味悪がられていた。

だが、カイリはまだ幼い。幼い頃の記憶は、そのうち薄れる。時間薬が効いて、カイリが鹿神山でのことを徐々に忘れていけば、ミヨシやアケシノのことを話さなくなるだろうし、人間の生活にも戻れるだろう。

カイリにとってそれが幸せなら、それを望むのがアケシノとミヨシだ。

ただ、あの母親が時間とともに落ち着くとは到底思えなかった。

「柳の下から～、おばけがひゅうひゅう～～……」

「その歌、どこで覚えたの」

「みよし君が教えてくれたの」

「私は教えてないわ。幼稚園でも。……二度と歌わないで」

「雨あがった？　お庭に出ていい？」

「なぜ？」

「水たまり、跳び越える練習するの。上手にできたら、あけしの君に見てもらうの」

「絶対に外に出ないで」

「……あ、こんにちは。お山から一緒に来ちゃったの？　ちがうの？　このへんに住んでるの？　隣町の長屋にいるの？　……ふぅん」

母親と会話していたかと思うと、母親には見えていないなにかと話し始める。

カイリの傍には、人間世界に息づく人ではない生き物が大勢いて、それが、カイリに話しかけていた。

もともと、カイリは目に見えないものが見える子だ。

短い期間とはいえ、ミヨシとアケシノの傍にいて、ずっとヒトではないモノと触れ合ってきて、感覚も鋭くなっている。

アケシノ同様、ミヨシの力をもらって命を助けられたなら、アケシノにミヨシの力が混じっているように、カイリにもミヨシの力が混じっていることになる。

カイリの眼は、もっとよく見えるようになっているのだろう。

人間でいうところの第六感も、これまでよりももっとずっと研ぎ澄まされ、いままでは聞こえていなかった声や、見えていなかった存在、触れられても分からなかった感触が分かるに違いない。

だから、いままでは眼で見えるだけだった人外や神様もどきの喋る言葉も聞こえるようになったし、掌や太腿に乗ってくる小さな神様の存在にも気づくようになった。

いまのところ、ミヨシとアケシノの匂いがついているから、悪いモノは寄ってこない。みな、人ならざるモノの言動を見聞きできるカイリに興味津々なだけだ。善良な彼らは幼な子に親切で、悪戯《いたずら》をするにしても微笑ましいもので、時には、カイリが転びそうになると助けてくれさえする。

目に見えないものが見えている者にしてみれば、彼らの好意は親切に映るのだが、目に見えないものが見えない人間にしてみれば、カイリが転ぶ瞬間に床に落ちていた小物が不自然に移動したり、カイリが虚空へ向けて話しかけて笑うと部屋の照明が明滅したり、カイリが自分のおやつをなにもないところへ差し出すと、それが宙に浮いて、部屋の隅へ浮遊移動していくのは、恐怖であり、怪奇でしかないだろう。

三日も経つ頃には、母親はすっかり憔悴《しょうすい》してしまい、実家へ帰りたいと泣き出すようになった。

カイリは母親を慰めようと「枝豆のスープ、作ってあげる」と声をかけていたが、「そんなもの私は一度も作ったことないわよ！　私もあの人も豆のスープは嫌いだもの！」と余計に泣き叫んだ。

「おいしいよ、枝豆のスープ。みよし君が……」

「もうその名前を言わないで！」

その日を境に、カイリはミヨシとアケシノの名を口にしなくなった。

啜り泣く母親の背中を撫でて、その手を振り払われ、叩き落とされ……、カイリはどんどん口数が減っていった。

口数が減れば減るほど、カイリは、ミヨシとアケシノと一緒に暮らしていた時のことばかり思い出しているようだった。

無心で画用紙に向かい、おえかきをしていた。

両親を描かずに、赤い犬と黒い犬、鹿神屋敷、アケシノが連れていった散歩道、ミヨシが入れた風呂、一緒に風呂に入った鹿や猿、三度の食事、部屋から見た景色、そんなものばかり描いていた。

描きながら、しくしく、しくしく、泣いていた。

一週間も経つ頃には、父親は帰ってこなくなった。

たまに午前様で帰宅しても、泣いてばかりの妻とは話もせず、妻が「カイリのことをなんとかして欲しい」と頼んでも、「いま佳境なんだよ！　俺の仕事の邪魔をしたいのか！」と怒鳴りつけるばかりだった。

カイリは、枕で耳を塞《ふさ》いでいた。

ちっともカイリに見向きしない両親ではあったが、それでもまだカイリには両親を慕う気持ちがあるのかして、意を決して両親の怒鳴り合うリビングへ向かい、「けんかしないで」と精一杯の仲裁をしていた。

「鍵《かぎ》をかけて閉じこめておけと言っただろうが！」

「鍵をかけても！　部屋の扉に目張りしても！　どうやっても勝手に開けて出てくるのよぉおお〜〜もぉいやぁあ〜〜!!」

「あのね、お部屋の扉、アメリカから来た子でね、ウォルナットっていう木でね、生きてるの。カイリがお願いしたら、鍵を開けてくれるの」

「つまらんことを言うな！」

父親に怒鳴られ、カイリは口を噤む。

父親は、髪を振り乱して泣き喚く妻と、得体の知れない言葉ばかり繰り返す息子に嫌気が差していた。

けれども、ここで妻が実家へ帰ってしまったり、カイリの存在が公になると不味《まず》いと分かっているからか、妻には「この仕事が終わったら考えるから」と、その場凌《しの》ぎを言い繕い、カイリには「お母さんの言うことを聞いて、部屋にいなさい」と命じた。

「お父さん、お仕事……？」

「そうだ、カイリ。お父さんは仕事が忙しいんだ。高速道路ができて、たくさんの車がいろんな場所に行けるようになるんだ。そしたら、病気の人はすぐに病院へ行けるようになるし、いままでは遠かった場所に、うんと早く行けるようになる。お父さんは、そういう大切な仕事をしているんだ」

いま、お前が生きていることがバレたら困るんだ。

なんせ、あの土砂崩れで最愛の息子を亡くし、それでも懸命にこの事業を成功させようとしている悲劇の父親として、メディアを味方につけたのだ。

そのお陰で、反対運動の激しかったこの事業も、すこしずつこちらに友好的な意見が増えて、計画が頓挫《とんざ》せずに済んだのだ。

一時期は、カイリの父と会社を見放しかけた政治家たちも、ようやくこちらに協力的になってきたのだ。

カイリに生きていられては困る。

ましてや、山に埋めたなどと知られたら身の破滅だ。

「おとうさん」

「なんだ？」

「あの山には、いっぱいいろんな生き物がいるから、殺さないで」

「カイリ、大丈夫だ。動物は危ないところには近寄らない。ほかの住みやすいところへ逃げていくよ」

「ちがうよ。お花さんは動けないから死んじゃうって泣いてたよ。虫さんはお花さんがいないと休めないし、土の下や葉っぱの裏の虫さんも死んじゃうって悲しんでたよ」

「花や虫が泣いたり悲しむのか？」

「うん。それにね、鹿の神さまも悲しくて死んじゃったんだって。だから、みよし君が、お山の神様になって、人間には遠慮してもらうんだって」

「……………変なことを言うな」

「ほんとだよ。悪い人を祟るから、祟り鈴っていうんだよ。かわいい鈴の音が、悪い人にはごろごろ雷の音みたいに聞こえるんだって。地獄の音に聞こえるんだって」

「カイリ、もう寝なさい」

「…………おとうさん」

「山のことはお父さんの仕事だ、カイリが心配することじゃない。さぁ部屋へ行くんだ」

父親は、カイリを追い払うように二階の子供部屋へ向かわせる。

「あなた、カイリが恐ろしくないの……」

「なにがだ」

「あの子、真っ暗闇《くらやみ》でも歩けるのよ」

真っ暗な廊下も、階段も、子供部屋までの道のりも……。

手探りで歩いていたような子が、まるで、なにかに導かれるように、すいすいと歩く。

「気にしすぎだ」

「いい加減、現実逃避はやめてよ。致命傷だったのに生きているだけでおかしいのよ？　そもそも、あの山からどうやって帰ってきたの？」

「それは、だから……いま、部下を使って調査させている」

「まさか、カイリのこと……」

「言うわけないだろう。言わずに、あの山に出入りしていた男はいないか、ミヨシとアケシノという名前の者が近くに住んでいないか調べさせているだけだ」

「……でも、埋めたのにどうやって地中から出てきたの？　土に埋めて半月以上経つのに、どうやって山で生活していたの？　服も泥ひとつついていなくて、お風呂にも入っていて、きれいで……。ご飯も食べていたみたいだし、山に捨てる前より体重が増えてるのよ。おかしいじゃない」

食の細くて、あまり動かなかった子が、たくさん動いて、たくさん食べる。たくさん動くのに、ふくふくしている。

「まるで神隠しに遭って帰ってきた子供みたい」

神隠しに遭った子の言うことは、支離滅裂で、ちっとも理解できない。

カイリの両親は、その頃にはもう戸惑いよりも怯えが先行していた。

親子の距離は、開く一方だった。

カイリの意志を尊重して帰らせても、結局は気味悪がられて、拒絶されて、このザマだ。

その時、ミヨシとアケシノは、二人そろってカイリの部屋を見ていた。

カイリは真っ暗な部屋で布団に潜り、小山を作って蹲っていた。

冬の寒い季節に、あんな小さな生き物を一人で冷たい寝床に入らせて、それをただ見ているだけなんて、ミヨシもアケシノも、もうそろそろ限界だった。

「ぜんぶ忘れさせてから帰らせたほうがよかったのかな？」

「俺らにできるわけねぇだろうが」

神様はなんでもできるわけじゃない。

狐神には狐神の、大神には大神の、それぞれ得意なことがあって、記憶を操ることは両方ともできなかった。

尻尾の数がもっと増えて、ミヨシの両親やネイエくらいになれば意識を操作することも容易だが、ミヨシはまだ尻尾が一本なのだ。

「カイリに可哀想なことしちゃったのかな……」

「それはカイリが決めることだ」

「俺がやったことは自己満足なのかなぁ……」

「ガキが親に捨てられて、あんな冷たい土の中で息絶えて、弔われもせず、朽ちた骸《むくろ》になるよりは、自己満足のほうがマシだ」

「……あけちゃん」

「なんだ？」

「すき」

「言ってろ、色ぼけ」

ミヨシの背中を叩いて、アケシノは笑った。

ミヨシは寝食も忘れて、アケシノに手を出す余裕もないほどカイリを心配している。

アケシノは、そういう真面目《まじめ》なミヨシは好きだった。

＊

みよし君とあけしの君が傍にいない。

ふわふわの綿飴《わたあめ》みたいな尻尾がない。

ぴんっ、とカッコよく立った三角のお耳もない。

お布団に一緒に入って、「足、寒くない？」って誰も聞いてくれない。

寒い、って答えると、「ほんとだ、ひえひえ」ってみよし君が驚いて、自分の太腿の間にカイリのちっちゃい足を挟んで、あっためてくれない。

お風呂の時に、「目をつむれ」って、誰からも言ってもらえない。

言ってもらえなくても、自分の手で両目を押さえた時に、「その小さい手で防げるのか？」と笑って、カイリの手の上から大きな手で眼を守ってくれるあけしの君がいない。

ご飯の時に座るお膝がない。あったかいご飯がない。枝豆のスープが食べたい。

嫌いなものを食べた時に、褒めてもらえない。

みよし君が「食べられたじゃん」と褒めてくれて、カイリの手をとって一緒に拍手してくれて、あけしの君が「褒めすぎだ」と言いつつ、大きく三度拍手してくれる。

みよし君とあけしの君に「寒くない？」「目をつむれ」「すごいね、カイリ」「よくできたな」って褒めてもらうのが好きだった。

それに、お洋服より着物のほうがすき。やわらかくて、動きやすくて、すべすべ。まるで、あけしの君の尻尾を敷き布団にして、みよし君の尻尾を上掛け布団にしたみたい。

お庭に出て、水たまりを飛ぶ練習をしたい。次、あけしの君と会った時に、「見事だ」と頭を撫でてもらいたい。

もっとたくさん本を読みたい。次、みよし君と会った時に、「ぼくの目でもこんなに本を読めるようになったんだよ！」って言って、「すごいね」ってだっこしてもらいたい。

次、みよし君とあけしの君に会ったら……。

次、みよし君とあけしの君に会えたら……。

次、いつ会えるんだろう？

もう、ずっと会えないいんだろうか。

だって、朝起きたらお父さんとお母さんがいたから。

みよし君とあけしの君はいなかったから……。

カイリが帰りたいって言ったから、お父さんとお母さんに会えた。

でも、みよし君とあけしの君がいなくなるって思わなかった。

お父さんとお母さん、……って、なんだろう?

あんなに会いたかったお父さんとお母さんなのに、こわい。

カイリが傍にいくと、お父さんとお母さんは絵本に出てくる鬼みたいな顔をする。

お母さんは美人で、お父さんはかっこよかったはずなのに、顔を見るたびに、どんどんこわい顔になって、ぐちゃぐちゃに歪《ゆが》んでく。

テレビを見ていても、そこに映っている人の顔が、いままでと違う見え方をする。カイリが優しいって思う人は、みよし君が食べさせてくれた大福餅みたいにやわらかそうに見えるのに、いけずな人だって思う人は、あけしの君が見せてくれた悪い神様の絵とそっくりに見える。

お父さんとお母さんも、毎日、ちょっとずつ、悪い神様とそっくりになっていく。

知らない人に見える。

自分の目が悪いのかもしれない。そう思って、小さな手でばちばちと両目を叩く。

「ごめんなさい、ごめんなさい」

目が痛くて、ほっぺも痛くて、手も痛くて、それでも、叩く。

涙がいっぱい溢《あふ》れる。

でもそれは痛いから出たものじゃなくて、叩く前からいっぱい溢れている。

泣いたら、あけしの君に「なきむし」って笑われる。

でも、あけしの君は、尻尾で涙を拭いてくれるし、いっぱいいっぱいカイリが泣くと、やわらかい舌で涙をぺろぺろしてくれる。

それがとっても気持ち良くて、気がついたら泣きやんでいて、うっとりしちゃう。

あけしの君にだっこしてもらっていると、おかあさんにだっこしてもらってるみたいに、とろとろにあまくって、ふにゃふにゃになる。

みよし君にだっこしてもらっていると、おとうさんにだっこしてもらってるみたいに、どっしり、がっしりしていて、あったかくて、お尻がすっぽり落ち着いて、あっという間に眠たくなっちゃう。

あけしの君とみよし君が、おかあさんとおとうさんだったらいいのに……。

そうだ、もしかしたら、カイリは人間のお父さんとお母さんの子供じゃないのかもしれない。

本当のおとうさんとおかあさんは、みよし君とあけしの君なのかもしれない。

「ごめんなさい、ごめんなさい」

べちべち、両目を叩く。

偽物のお父さんとお母さんのところへ帰りたいって言ってごめんなさい。

変なことばっかり言う子でごめんなさい。

本物のおとうさんとおかあさんのこと大事にしなくてごめんなさい。

もし、みよし君とあけしの君が近くにいるなら迎えにきてください。

カイリはおうちに帰りたいです。

「……おうち、帰りたいぃい……」

お山のおうちへ帰りたい。

みよし君とあけしの君のいるおうちに帰りたい。

もう間違えないから、帰りたい。

「みょしっく……ん、っ……ぁあえちのく……っ、むかえ、きて……ぉむかえ、きて……っ、おうち、ぉぅ、ち……おぅちかぇりだぃぃ～っ！」

「カイリ！」

二つの声がひとつに重なって、カイリを呼んだ。

黒い犬と赤い犬が、カイリの部屋の窓を開けて飛び込んできた。

びっくりして固まるカイリの両脇《りょうわき》に二匹が回り込み、ぎゅうぎゅうとカイリを挟んで抱きしめて、黒いほうは「もう目を叩いたらだめ」と目の周りをそうっと舐めて、「呼ぶのが遅い！」と赤いほうが怒りながらカイリの頰を舐める。

「みょち、くん……っぁぇちの、く……っ」

「うん、ここにいるよ」

「もっと早く呼べ、早く」

「ぉ、ぉお、ぉむかえ、きてくれて、ぁぃがとぅ……ぉむかえ、ぅれしぃ……」

二匹のお胸に挟まれて、顔も体もすっぽりもふもふされながら、赤と黒の毛皮を涙で濡らす。

赤い尻尾が涙を拭ってくれて、黒い尻尾が背中をよしよししてくれる。

カイリの頭の上にあけしの君が頭を乗せて、ごろごろ、うるうる、喉を鳴らし、みよし君は首を曲げて、カイリの首筋にすりすりしてくれる。

懐かしくて、あったかくて、だいすきなにおい。

カイリのことを守ってくれるにおい。

すき、だいすき。

「み、っみょちく……ぁぇちのくっ……すき、だいすき……っ」

「俺もカイリのこと大好きだよ。……ね、あけちゃん」

「……おう」

「ふぇっ……、う、うれっ、うれひぃ……っ」

「鼻水と涙がすごい」

「あぁもう泣きやめ！」

「がんばって、泣きやみます……」

でも、ふしぎ。

みよし君とあけしの君が大好きで、涙が止まんない。

「お前、俺たちと一緒に来たら、もう二度と帰してやらんぞ」

「お父さんとお母さんとさよならすることになるよ」

みよし君とあけしの君にぎゅっとしがみついていると、難しい顔をしてそう言う。

でも、おとうさんとおかあさんは、みよし君とあけしの君だから、カイリは「だいじょうぶ」と答えた。

「下の部屋にいる親とは二度と会えんぞ」

「幼稚園のお友達とも会えなくなるし、これから入る小学校にも通えなくなるよ」

「この家にも、二度と戻ってこれんぞ」

「お山で暮らすことになるから、大好きな電車や車にも乗れないし、本もすぐに買いに行けないし、おやつもスーパーに買いに行けないし、毎日お山の生活だよ」

「お前が成長して、大人になるまで何年も、何十年も、ずっと、この世界には帰ってこれんぞ」

「何年も、っていうのは、ミヨシとアケシノがいなかったこの一週間の何十倍も何百倍も長い時間のことだよ」

「……でも、みよしくんと、あけしのくん、傍にいてくれるでしょ？」

「当然だ。大神は一度引き受けたものを途中で放り出したりしない」

「狐神は、一度拾い上げた子を捨てたりしない」

「やくそく？」

「約束だ」

「約束するよ」

「……あのね、あけしのくん」

「なんだ？」

「あのね、前にお返事しなさいって言ってたの、お返事するね」

「？」

「目が見えたら、ぼくがなにをしたいか」

「あぁ、いま言うのか？」

「ぼくは、あけしの君とみよし君の子供になりたいです」

ぼくは、顔もよく覚えられない人間のお父さんやお母さんを、「お父さん、お母さん」と呼ぶんじゃなくて、みよし君とあけしの君のお顔を、おとうさんとおかあさんの顔として覚えたいです。

ぼくは、ぼくを大事にしてくれる人の子供になりたいです。

ぼくを抱きしめてくれる人の子供になりたいです。

ぼくは、みよし君とあけしの君にぎゅうぎゅうしてほしいです。

だから、ぼくを神隠ししてください。

「かみかくししてください」

＊

ミヨシが狐の姿になると、「黒毛玉どころか鉄の塊だ。昔みたいに気軽に背中に乗ってくるな、潰《つぶ》れる」とアケシノが文句を言うくらい、大きくて重い。

だが、大きく育った分だけ、毛皮も立派になった。

カイリが帰ってきた日、ミヨシの懐で寝た。

ミヨシは和室いっぱいの大きな狐の姿で、アケシノは人間の姿のまま眠った。

カイリを抱いて眠るなら、人間の姿のほうが便利だからだ。

カイリはまだ人間だ。二本の腕で抱いてやると上手に眠る。

カイリを抱くアケシノごとミヨシが懐に抱え込み、尻尾を二人の布団にする。

ミヨシの腹に二人が背中を預けると、凭《もた》れかかるのにちょうどだ。ミヨシがぐるりと首を丸めて体で円を描けば、足もとまですっぽり覆い隠されてしまう。

暖房要らずで、こうなったら、三秒も経たずに寝てしまう最高の寝床だ。

くぁ……。アケシノが欠伸して、それがカイリにもうつり、小さな欠伸が続く。

「かわいい、かわいい」

たしっ、たし。思い余ると、ミヨシは尻尾を波打たせて、畳を叩く。

ぎゅうぎゅう、すりすり、狐目を細めて、尻尾をそわそわさせている。

「尻尾がうるさい。黙って寝ろ。動くな」

アケシノは騒がしい尻尾を撫でて、ミヨシを静かにさせる。

カイリは、もう泣いていない。ほっぺをふにゃふにゃゆるませて、動物の親子みたいにアケシノの腹に乗せられて、アケシノの心臓の音を聞いて、安心している。

冷たく強張《こわば》っていた体はぽわぽわと温かくなって、くったり体から力を抜いて、アケシノに身も心も委《ゆだ》ねてまったり、とろり。

ミヨシも、アケシノも、その寝顔を見ていると自然と頬がゆるんでくる。

カイリをヒトの世界から奪ったのだ。

責任をもって、一生、ずっと、これから毎日、カイリを守り、育てなくてはならない。

ミヨシと、アケシノで。

カイリの親として。

これではまるで事実婚だ。

なんてだらしのない。

アケシノは眩暈《めまい》を覚えたが、カイリが独り立ちするまでは、そういう日々があってもいいかもしれないと思い直した。

ミヨシと話し合おう。

このままミヨシがヒトを祟り続けたら、ミヨシの身が滅ぶ。

「カイリが独り立ちする姿が見られないのはいやだろ？　俺と一緒にカイリを守るんだろ？　だから、やめろ」

そういう方向で話を進めれば、ミヨシを説得できるかもしれない。

それに期待して、アケシノは根気強くミヨシと向き合うことにした。

それから、半月ほどは穏やかな日が続いた。

カイリはご機嫌に暮らしている。

ミヨシとアケシノは、朝も昼もいつもどちらかがカイリの傍にいるようにした。

親を恋しがる夜は、特に二人ともが傍にいるようにした。

親を乞うことは、悪いことではない。良いことだ。その時にカイリがさみしい思いをしないように、不安を感じないように、ミヨシとアケシノが親でよかったと思えるように、未熟なりに懸命に愛した。

ミヨシとアケシノは、その半月の間に話し合うことができた。

ついにミヨシの口から、「あけちゃんの言う方向で……考える」という言葉を引き出せた。けれども、ミヨシは、「祟るのはやめる方向で考えるけど、山から人間を追い出すことはやめない」とも言った。

当然だ。なにからなにまですべてアケシノの考え通りにしてもらうつもりはない。

ミヨシにはミヨシの思うところがあるのだから、アケシノはそれを知り、互いに納得のいく落としどころを見つけたかった。

アケシノは、「ミヨシの考えが決まったら教えてくれ」と伝えた。

なのに、その翌日。

日常は一転して、鹿神山はにわかに騒がしくなった。

人間どもが工事を再開したのだ。

ミヨシが鹿神山に張った結界の内側と、アケシノがまかみ岩に張った結界の内側を、人間が侵犯したのだ。

「ミヨシ！　待て！」

屋敷を飛び出すミヨシをアケシノは追いかけた。

カイリを抱えている分だけ、アケシノはすこし遅い。

追いついた頃には、大勢の人間が地に倒れ伏していた。

「ミヨシ！」

「祟っただけ」

ミヨシは小高い場所から人間の苦しむ様を睥睨《へいげい》していた。

両手と尻尾でカイリの耳と目を覆うアケシノに、「殺してないよ」と微笑む。

「あいつらになにしたんだ」

「あいつらの信心や守護、日頃の行いで程度は変わるけど、酷い奴でも、数ヵ月寝込む程度だよ。昼は白昼夢に襲われて、夜は死にたくなるほど夢見が悪いだろうけどね」

「……ミヨシ」

「生きながら地獄を見るだけだよ」

「そんなことしてみろ、あいつら死ぬぞ」

「だろうね。でもそれは俺が殺したんじゃなくて、あいつらの心が耐えられなくて自殺するだけだから、俺のせいじゃない」

「…………」

「さて、仕上げだ。……人間ども、起きろ！　鹿神山から立ち去れ！　今後、鹿神山、まかみ岩、まかみの原、信太山、それらに連なる山々のすべてに立ち入ること罷《まか》りならん！　禁を破った不届き者は、祟り鈴が滅ぼす！」

気を失っている人間を強制的に起こすと、ミヨシは、おどろおどろしい声音を作り、山に住む獣よりもずっと獰猛《どうもう》な咆哮を上げ、あたり一帯を覆う黒影でヒトを脅した。

化け物。魔物。悪魔。人間たちの心の叫びが木霊《こだま》する。

人間たちは悲鳴も上げずに息を呑み、なかには再び気を失う者や、這《は》うようにして山を下りていく者もいた。

話し合いで、せっかくミヨシが思い留《とど》まってくれたのに……。

これでは台無しだ。

「ミヨシ、どこへ」

「人間が工事してるのは、ここだけじゃないからね」

狐の耳にも、大神の耳にも、それこそ、耳を塞ぎたくなるような機械音が届いていた。

一度にあちこちの工事が再開されたようで、四方八方からミヨシやアケシノの耳を攻撃してくる。

毎日こんなものを聞かされたら、アケシノは心を病んでしまうだろう。

もちろん、この騒音に慣れ親しみのない生き物はすべて、そうなってしまうだろう。

「カイリと先に家へ帰ってて、今夜は帰らないから。……カイリ、アケシノの言うことよく聞いてね」

「はい」

カイリの良い返事を聞くと、ミヨシは尻尾の先でカイリの頬を撫でた。

次の瞬間、ミヨシは軽く跳躍し、その場を離れた。

「カイリ、すまんが追うぞ」

アケシノはカイリの返事を聞かず、ミヨシを追いかけた。

……けれども、追いつけなかった。

＊

生き物はすべて恐れ、怯えた。

森の精霊も、山の鳥獣も、川の魚も、隣近所に住む山神も、湖水の蛇神も、皆がミヨシを恐れた。

この近辺には、あんなふうにあからさまに人間を祟る神様がいない。

それも、星の数ほどの人間を祟るのだ。

ミヨシが大きな力を持っていることは一目瞭然《いちもくりょうぜん》。

皆、山から人間が出ていって欲しいと願っているくせに、ミヨシには協力しない。

それどころか遠巻きに見て、恐ろしい化け物だと嘯《うそぶ》く。

誰も、ミヨシが黒屋敷のミヨシだと気づいていない。

どいつもこいつも、ミヨシがすずだった頃は一緒に遊んだくせに、恐怖が先行して目が曇り、ミヨシだと気づかないのだ。

神様のくせに、目に見えるものだけを信じているのだ。

まるで、大神を嫌うように、ミヨシを嫌うのだ。

ミヨシが、ここら一帯の土地を守っているから、いまもまだそこで安穏と暮らせるくせに、……ちゃっかりミヨシの恩恵に与っているくせに、誰も感謝をしない。

ミヨシは孤独だ。

黒屋敷の両親にも、兄弟にも、ネイエにも、シノオにも、誰にも話さず、誰にも相談せず、誰にも助けを求めず、一人で人間と戦っている。

アケシノは「そんなやり方は間違っている」とミヨシを非難するつもりはない。

アケシノだって、そうする。

ただ、ミヨシにはこんなことをして欲しくない。

きれいでかわいい生き物に、こんなことをして欲しくない。

ただそれだけを願うのだ。

翌日の昼前にミヨシは帰ってきたが、「仮眠する」と言うなり縁側で眠ってしまった。

それを寝室まで担いで布団に寝かせ、アケシノはカイリを連れて台所へ向かった。

二人で、ミヨシが起きた時の食事を作りながら、ミヨシのことを話した。

「……あのね、……んむ……おいひぃ……、人間を祟ることの、なにがわるいの？」

アケシノにつまみ食いをさせてもらいながら、カイリがそんな疑問をぶつけてきた。

「悪いことは悪いことだ。……弁当ついてるぞ」

カイリの頬のご飯粒を食べて、草履を脱いだ右足の爪《つめ》で、左足の脹脛《ふくらはぎ》を掻く。

なんとなく、むず痒《がゆ》い。人間の子供と二人並んで、誰かの為に握り飯を作る日が来るなんて、想像もしなかった。

「あけしの君は、どうしてみよし君にやめろって言うの？　みよし君は、あけしの君とぼくの暮らす場所を守ってくれてるんでしょ？　みんながみよし君のこと怖がるからやめろって言うの？　どうしてみんな悪者みたいに言うの？　おとうさんが、ぼくとおかあさんのこと守ってくれてるのに、どうしてあけしの君は褒めてあげないの？」

「……それは」

どうして？　なんで？　と畳みかけられ、アケシノは返答に詰まる。

カイリのほうが、アケシノよりもミヨシのすることを受け入れている。

幼さゆえに考え方が素直なのか、それとも、それこそが至言なのか……。

「あけしの君」

「なんだ？」

「あーんして」

ちっちゃな手で握った、ちっちゃなおにぎり。

カイリはめいっぱい爪先立ちで背伸びして、アケシノに差し出す。

「ん……」

アケシノは背を屈《かが》めて腰を曲げ、それを口に入れてもらう。

「おいし?」

「……あぁ、うまい。……ほら、あー」

「ぁー……」

ちっちゃな口にぴったりの、ちっちゃな丸に握った握り飯を、カイリの口に放り込む。

なんてことない塩むすびなのに、カイリはほっぺたがとろけた顔をして、もぐもぐ。

二人してつまみ食いしながら、ミヨシの為におにぎりを作る。

カイリ用の小さな木桶《きおけ》の白飯は、すっかり湯気が切れて、手で握っても火傷《やけど》をしない熱さ。アケシノは炊き立てのまだ湯気の残るそれで、米を握る。

台所にはいつもミヨシが立っていたから、梅干しや漬物の置き場所も分からず、塩を見つけるのがやっとだった。味噌汁すら作ってやれないが、米を炊くくらいならアケシノにもできたし、湯を沸かしてやることならできた。

「……茶っ葉の場所すら分からん」

「ご飯食べるとこにあるよ。……なくなったら、あっちから出してたよ」

カイリは、戸棚を指さす。

「お前すごいな」

「ぇへへ」

はにかみ笑顔で、くすぐったそうに笑う。

「褒美だ」

「……ぉいち」

またひとつ小さな握り飯を口に入れてもらって、カイリはにこにこ。

「海苔《のり》があっただろ。海苔くらい巻いてやるか。……俺、あいつの好き嫌い知らねぇんだよ。カイリ、お前知ってるか？」

「俺は、味海苔が好き。あったかいご飯の湯気でちょっと湿ってるのが最高」

「ミヨシ……」

「おはよ。布団まで運んでくれてありがと」

ミヨシは、アケシノの肩越しに覗き込み、その手の握り飯にかぶりつく。

「おっきいおくち」

カイリがぽけっとした表情で見上げている。

「カイリもおはよ。上手におにぎり作れてるね」

「これね、みよし君のごはん。……あーん」

「あーん」

ミヨシはカイリを抱き上げ、小さなおにぎりを口に入れてもらう。

「おいし？」

「うん、おいしい。おいしいの握ってくれてありがと。カイリはどんなおにぎりが好き？」

「あけしの君のにぎにぎしたやつ」

「俺も好き。じゃあ、どんな味がいい？　俺はね、味海苔をね、醤油《しょうゆ》で炙って食べるのも好き。梅干しを裏側に塗ってあるのも。……あ、そうだ、あけちゃん、海苔はこっちの戸棚。塩と一緒で湿気の少ない乾物入れに入れてるからよろしく」

戸棚の乾物入れから海苔を出して、アケシノの前に置く。

「みよし君、おなべどうするの？」

「お味噌汁作るの。カイリは、サツマイモとジャガイモ、どっちが好き？」

「どっちも分かんない」

「サツマイモ入れると、ちょっと甘くなるよ」

「甘いお味噌汁……？」

「お菓子みたいなのじゃないよ」

「じゃあサツマイモ。……たまごやきは？　朝ご飯みたいなたまごやきつくって」

「よし。卵焼きにはなに入れる？　紅生姜《べにしょうが》？　……は、カイリにはまだ無理か。こないだ作ったのは、しらす、おねぎ、ハム、干しエビ、ホウレンソウ、枝豆、大葉、海苔、ひき肉、明太子と鱈子《たらこ》、鮭《さけ》も入れたっけ……タラコは鱈の赤ちゃんだよ」

「みよし君、鱈の赤ちゃんはたらこちゃんなのに、鮭の赤ちゃんはどうしてさけこちゃんじゃないの？」

「…………今度、調べます」

「おねがいします」

「おい、握り飯、握り終わったぞ。とっとと作れ」

掌のご飯粒を食べて、アケシノが手を洗う。

カイリと喋りながらもミヨシは手を動かしていて、味噌汁の出汁《だし》をとりながら、卵焼きを作り始めている。

それらが出来上がると、すこし遅めの昼食を三人で摂《と》り、昼寝をした。

夜になると、いつもなら三人で寝間に入る時間に、ミヨシが出かける支度を始めた。

カイリは仔狐みたいにアケシノの懐で丸まり、もうすっかり夢の世界の住人だ。

「ミヨシ？」

「ちょっと出かけてくる」

「どこに」

「工事してるとことか、いろいろ」

ミヨシは曖昧《あいまい》な返事をした。

夜なのに、人間が工事を始めた。

いままでは昼か夕暮れ時で終えていたのに、深夜にも始めたのだ。

それに気づいたミヨシは雨を降らしたが、今回ばかりは、いつもなら止まっていた工事が止まらなかった。

それどころか、真昼かと勘違いするほどの投光器を灯《とも》し、重機をこれでもかと投入して、昼間より多い人間が、昼間より長い距離で、昼間よりも多くの山を潰していた。

「昼の間に機械は動かないようにしたんだけど、どこかでまた調達してきたのか……」

「どうするつもりだ」

「カタつけてくる」

「……？」

「人里に下りる。カイリのことよろしく。今度は追いかけてくるなよ」

雨の降る深夜に、子供を連れ出さないでくれ。

カイリを理由にして、ミヨシは、アケシノを屋敷へ留まらせた。

その夜は、ずっと騒音と地響きが続き、アケシノは一睡もできなかった。

カイリですら夜中に目を醒まして「おっきいおと、こわい」と震えた。

雨に掻き消されることのないほどの機械音とともに、人間が山を壊した。

アケシノはカイリの耳を塞ぎ、懐と尻尾で隠して抱いてやり、ミヨシの帰りを待った。

それきりミヨシは二週間経っても帰ってこなかった。

＊

ミヨシが人間の世界へ下りて、二週間。

帰ってくるどころか、便りもない。

「あいつは大事な時にいつも音信が途絶える！」

アケシノが怒ったのも束《つか》の間、怒りはすぐに心配へと変わった。

山の工事は、まだ続いている。

アケシノも人間を追い払うが、カイリがいては思うようにいかない。

人間どもは、ミヨシが不在で、鹿神山の祟りがないのをいいことに好き放題している。

どうやら人間どもは、この鹿神山を真っ二つに切り裂き、まかみ岩を削ってトンネルを掘り、まかみの原を横断して、信太山の山裾《やますそ》を割り、そのまた次の山へと進む道を作るらしい。

鹿神山と違い、まかみ岩の岩盤の固さに手子摺《てこず》っているようで、人間の思うように事は進んでいないが、ここで食い止めなければ、平原のまかみの原や信太山は、あっという間に人の手に侵されるだろう。

黒御槌や白褒名が黙っているとは思えないし、おそらく、もうなんらかの手は講じているだろうが、アケシノには、彼らの意向を探る手立てがない。

ミヨシならあるいは……、なんせ彼らの息子だ、親の考えを聞きに行くくらいはできるだろうが、当のミヨシが行方不明なのだ。

「あいつどうせまた下界でめんどくせぇことやってんだろ。工事を止めるとかどうとか言ってやがったから、絶対にそうだ。大体、なんでこの俺がおとなしく家で待ってなきゃなんねぇんだよ。ふざけんな」

カイリに聞かせないよう、静かに口汚く罵《ののし》る。

「……あけしの君、ぷんぷんしてるの？」

「してる」

「みよし君のこと心配なんだね」

「………はぁ？　なんで俺が……」

「みよし君、迷子になってないかな？」

「あいつは帰巣本能が強いからすぐ帰ってくる。あんな図太い奴、迷子になんねぇよ」

「怪我してないかな？　お怪我したら、痛い痛いでおうち帰れないよ？」

「ちょっとやそっとのことであいつが怪我なんかするもんか」

そう言ったものの、アケシノは、万が一のことを考えた。

人間のなかには、時々、神様に危害を加えることのできる者がいる。

もし、そういう者とミヨシが行き当たったら……。

もし、ミヨシが人間の世界で事故に巻き込まれて怪我をしていたら……。

「カイリ、出かける支度をしろ」

「おとうさんのお迎えに行くの？」

「そうだ、あの馬鹿のお迎えに行くぞ」

「はいっ」

待つのは性に合わない。

アケシノは、そういう貞淑な妻ではないのだ。

＊

「……っ、ぅ、ぇ……」

「だいじょうぶ？」

電柱の傍にしゃがみこんだアケシノは、カイリに背中をさすられていた。

見切り発車でミヨシを探しに出かけた。

探すアテも、心当たりもないが、行動力だけはあるのがアケシノだ。

大神の鼻でミヨシの匂いを辿り、人里に下りたのも束の間、すぐさま人酔いして、空気の悪さに気分を悪くし、道端にしゃがみこんでしまった。

すこし休憩してはまた探し、カイリに背中をよしよしされては持ち直し、また歩いては人間臭さに顔を歪ませ、半日も経たないうちに、「おうちに帰る？」とカイリに心配される始末だった。

「なんで、この俺が……ミヨシの為にっ……こんな場所で、こんな、……っ」

通りすがりの買い物袋を提げた女に、「あらまぁ、あなた大丈夫？　弟ちゃんに背中をさすってもらってるの？　具合悪いの？」と声をかけられた。

こういう時は、アケシノよりも現代社会に慣れているカイリのほうが人あしらいが上手で、「幼稚園のお迎えきてくれたの。おにいちゃん、風邪ひいてるの」と誤魔化《ごまか》してくれた。

なかなか知恵の働くガキだ。

「その調子で、適当に誤魔化せ」

褒めた。

服装も、カイリの言うがままに化けた。

狐と違って化けるのは苦手だったが、カイリの前で化けてみせると、「あけしの君の着てるお洋服は、夏のお洋服だよ。寒いよ」と言われた。

人里へ下りるなりカイリに手を引かれてコンビニへ入り、雑誌や客を見るように言われ、「こういうのとか、あぁいうかっこして」と教えられ、その服装を真似た。

カイリの服はミヨシがたくさんそろえていたし、人間の子供は寒さ暑さに弱いと聞いていたから、季節に合わせた服装をさせていたが、アケシノは自分のことまで気が回らなかったので助かった。

それに、カイリはちゃんと自分で「外は寒いから上着を着ます」と、ウールの上着を着て、マフラーと手袋をしていた。

アケシノは、動きやすいオーバーサイズのブルゾンに、グレーのズボンとショートブーツを合わせた。

髪と眼が赤いせいで目立ったが、髪を黒くしてまで人間に寄せて化けてやる気にもなれず、帽子をかぶれば頭痛がしたので、そのまま歩いた。

「みよし君、どこかな」

アケシノの右腕に抱かれたカイリは、ぎゅっとアケシノの頭にしがみつき、きょろきょろ。ぼんやりとしか見えない目で、ミヨシを探している。

「…………」

「あけしの君？」

「あぁ、悪い……」

「お鼻、かゆい？」

　カイリは、手袋をした手で、アケシノの鼻先を掻いてやる。

「かゆい。くさい。……これだから人間の世界は反吐《へど》が出る。カイリ、もうちょっと上のほうもかゆい」

アケシノは人間社会が大嫌いなことを隠さず、カイリに鼻の頭を掻いてもらう。

ふわふわして余計に痒いけれど、毛繕いされてるみたいで気持ちいい。

「人間、きらい？」

「人間にはいい思い出がない」

「でも、ぼくには優しい」

「子供は群れで守るもんだ。……あぁ、でも、そうだな……お前は特別だ」

「どうして？」

「お前、初めてうちの山へ来た時、一所懸命拝んでただろ？　おうちは大丈夫ですか。ここに道路が通るので、この山に生きている生き物や、育っている植物は、可哀想なことになりませんか？　……って」

「聞こえてたの!?」

「あぁ」

「はずかしい」

でも、うれしい。

カイリは寒さと相まって、ほっぺを林檎《りんご》みたいにしてアケシノの頭に抱きつく。

「なぁ……、カイリ」

「なぁに？」

「いい子にしてれば、いいことがある。お前が誰かに優しいから、誰かもお前に優しくしてくれる。神様はそういう生き物だ。優しい気持ちで拝まれれば、優しい気持ちで返してやりたくなる」

「だから、あけしの君は、みよし君にも優しいんだね」

「……？」

「あけしの君は、みよし君に優しいのいっぱいもらったんだね」

「……あぁ、そうだな」

ミヨシは、いつも優しさをくれた。

ずっと傍にいてくれた。

時々は鬱陶《うっとう》しくて、うるさい時もあったけど、それが救いにもなった。

ネイエやシノオ、双子以外で、唯一アケシノと接してくれる大切な子だった。

アケシノにとって、大切な存在だった。

ミヨシの言う通り、アケシノにとっての特別な生き物だった。

「こういうのは、惚れたほうが負けなんだろうな……」

「……？」

「なんでもない。次の場所を探すぞ」

「一所懸命だね」

「こんな禍々しい場所であいつが迷子になってたり、怪我でもして帰れなくなってたら可哀想だろうが」

「うん、可哀想」

「頑張って探すぞ」

「あけしの君、待って。そっち行ったらまた迷子になるよ。そこ、さっきの道だよ。角にお花屋さんあるでしょ？　お花のにおいするもん」

「…………」

「突っ走らないで」

「すまん」

「うん」

「あぁ、クソ、まどろっこしい」

もっと早く探す方法はないか……。

アケシノは頭を悩ませる。

ミヨシの匂いはかすかに感じるのだが、それ以上にいろんな匂いが混ざっていて、混乱させられる。しかも、街中はごちゃごちゃとしていて、まっすぐの道がひとつもなく、匂いの通りに進めない。

カイリも目が悪く、見えないもののほうが多い。

それでも、人間の生活音や街の移動の仕方にはカイリのほうが慣れていて、アケシノは匂いのする方角をカイリに伝えて、カイリが道順を示してくれた。

だが、それでもやはり思うようには進まない。

ひと気のない公園まで辿り着くと、アケシノはカイリをベンチに座らせ、自分は地面に片膝をついて屈みこんだ。

「あけしの君、休憩？　また吐きそう？」

「いいや。すこしやり方を変える。カイリ、俺がいいと言うまで目を閉じろ」

「はい」

アケシノをすっかり信頼しているカイリは、ぎゅっと両目を閉じて、手袋をした手で両目をふんわり押さえる。

「十《とお》数えろ。毎日、風呂でミヨシと数えてるからできるな？」

「はい。いーち、にーぃ、さぁーん、しーぃ、ごーぉ、ろぉーく……」

カイリは、いつも湯船に浸《つ》かりながら数えるように、ゆっくり十まで数える。

「よし、目を開けろ」

アケシノの言葉と同時にカイリが目を開ける。

「それなぁに？」

アケシノの手には、ころころとまぁるい赤い宝石があった。

その宝石をカイリの右目に押し当てると、まるで目玉を嵌《は》め込むみたいに、カイリの右目のある場所にぴったり、すぅ……と吸い込まれていった。

「瞬きしてみろ。……目をぱちぱちだ」

「ぱちぱち」

口に出しながら、アケシノがするのを真似て、両目を開閉する。

途端にカイリは難しい顔をして、右手で右目を隠し、次に、左手で左目を隠し、それぞれの目の見え方を確かめた。

「……あけしの君が見える」

右目で見ると赤毛の男の人が、左目で見ると赤毛の大神が。

両目で見ればその二つが重なって、瞬きするとどちらかひとつになって、カイリが見たいほうの姿だけが見える。

「あけしの君、僕の目、見えるようになったよ」

公園の景色も、掲示板の注意書きも、公園の近くに停《と》まっている車のナンバーも、ずっと遠くのビルの看板の絵も、夕暮れに瞬く一番星も、ぜんぶ見える。

お買い物のビニール袋を持って歩いていると思っていた人が、本当は、白い犬と子供を連れて散歩している女の人だと、瞬時に判断できる。

「色が変わるのは許せよ」

カイリの右目は、アケシノの左目と同じ、朝焼けみたいな赤に染まっていた。

代わりに、アケシノの右目の赤が、カイリの左目と同じ黒に変わっている。

「あけしの君のおめめは？」

「お前と交換だ。……お前、暮らしにくい視界で生きてたんだな」

「交換……」

「その目がお前に馴染んだら、もっとよく見えるようになる。左目の補助にもなるし、左目そのものの視力も多少は向上するはずだ。そしたら、目つきもいくらかマシになるだろうよ」

「あけしの君の目は？　見えなくなってるの？」

「片方だけな。勘違いするな。こうしたほうが早くミヨシを見つけられるから、俺の片目をお前にくれてやっただけだ」

「貸してくれるだけでいいよ、あとで返すよ」

「大神が一度与えたものを返されて受け取れると思うか？」

「……？」

「お前が要らないというなら、捨てる」

「そんなのだめだよ」

「なら、ありがとうございますと言ってもらっておけ」

「…………」

「ありがとうございます、だ。とっとと言え」

「ありがとうございます」

アケシノの言葉を復唱して、カイリは深々と頭を下げる。

「ミヨシを見つけられるなら安いもんだ」

アケシノはその頭をぐしゃぐしゃと掻き混ぜた。

もとから、そうしてやるつもりだったのだ。

目が見えるようになったら、カイリにもできることが増える。

アケシノやミヨシの顔をたくさん見られる。

目に見えるものだけがこの世のすべてではないが、目に見えるものは、カイリにとっては大切なものだ。

自分の養い親が、特にミヨシが、どれほどの笑顔と愛情いっぱいの仕草でカイリを愛しているか、それが目に見えて分かるのは、とても素晴らしいことだ。

それに、片目の視力が失せたくらいで、神様は困らない。

アケシノには、人間が持ち得ない感覚がたくさんある。

「ミヨシ探し、再開するぞ」

「休憩しなくていい？　痛くない？」

「しなくていい。痛くない。お前は？」

「カイリはげんきです！」

おかあさんの大事なものを、はんぶんこしてもらえた。

あけしの君は、カイリのことがだいすきだ。

おかあさんは、大事なものを探す為に、一所懸命だ。

あけしの君は、みよし君のことがだいすきだ。

あけしの君は、あけしの君の特別な人たちに、とっても優しい。

かっこいい。

「なんだ？　急に笑って……いろいろ見えるのが楽しいか？　一度に見すぎるなよ、疲れるぞ」

「はいっ」

カイリが弾むような返事をすると、アケシノは自分でも分かるくらい上機嫌で、カイリを肩車した。

ミヨシを発見した。

＊

アケシノは、自分で思っていたよりもずっとミヨシを心配していたようで、ミヨシの姿を見つけるなり、思い切り抱きしめてしまった。

天下の往来で。

腕に抱いていたカイリごと、繁華街の交差点で抱きしめてしまった。

ミヨシもカイリもぜんぶ一緒くたにして、自分の懐に抱き寄せていた。

罵ってやろうとか、一発殴ってやろうとか、「俺はいつも待たされるばかりだからいいけれど、カイリを不安にさせるな」とか、いろんなことを言ってやりたかったのに、なにも言えなくて、言葉が出てこなくて、ずっと抱きしめていた。

ミヨシは、「心配かけてごめん」と謝った。

育ちがまっすぐなミヨシは、すぐに謝る。

「お前が正しいと思うことをしてる時は謝るな」

「うん……ありがとう」

アケシノの肩口に額を預けて、ミヨシが深く息を吐く。

「それでいい」

その背を力強く叩き、わざとらしく拗ねた声を作って、「でもな、連絡は寄越せ。それと、カイリには謝れ」と声をかけてやる。

ミヨシはカイリに謝り、すぐにカイリの右目にも気づいたが、それに言及するよりも先に、カイリとアケシノが「早く帰るぞ」とミヨシの手を引いた。

ミヨシを見つけてやっと家に帰れると思ったのに、「ごめん、まだやることがあるんだ。あと、一つ二つなんだけど……」とミヨシは手を合わせて謝った。

「じゃあ待ってる」

カイリがそう言ったから、「それもそうだな」とアケシノも頷《うなず》いて、ミヨシと一緒に帰れるまで待つことにした。

「……お、大急ぎで片づけてきます。そこのファミレスで待っててください……」

ミヨシに言われて、ミヨシから小遣いをもらって、カイリと二人でファミレスに入ってミヨシを待った。

カイリはお子様セットを、アケシノはどれもよく分からなかったが和定食があったのでそれを食べた。

二人して、「帰ったらミヨシにメシを作らせよう」と目線で通じ合った。

ミヨシは、約束通り、大急ぎで用事を片づけてファミレスへ戻ってきた。

ミヨシは、すこし危ない橋を渡っていたらしい。

高速道路の建設業者と、高速道路の建設を推進する政治家。この二者の癒着とやらを追及する為に、建設業者と繋がっているその筋の組合について調べたり、政界と関連のある界隈《かいわい》に出入りして情報収集をしていたらしい。

そちらの方面から、この事業を潰すことにしたらしい。

それで、帰りが遅くなってしまったということだ。

人間社会に混じって暮らす信太狐は大勢いる。

一般市民のように暮らしている狐もいれば、人間に混じって働く狐もいるし、人間と所帯を持っている狐もいる。なかには九尾の狐さながら傾城《けいせい》まがいのことをしている美狐もいれば、会社を興して大勢の狐を雇う狐もいる。

彼ら信太狐は皆、普段は人間として振る舞っているが、いざという時は信太を守る狐へと戻る。

その為に、常日頃から人間の情報を収集し、人間社会に溶け込み、時には人間を騙し、時には人間を騙《かた》り、時には人間を化かしてやるのだ。

ミヨシは、そういう信太狐と連絡を取り合っていたらしい。

「黒御槌たちは知ってんのか？」

「父さんには父さんの隠密があるし、俺は俺で修行中に知り合った奴らとか、若手の狐で構成してるから、それぞれ別々。独立してるよ。父さんの場合は、父さんがてっぺんに立つ支配系統だけど、俺は、横の繋がりでみんなで情報を共有して、困ってる奴がいたら助け合う互助会みたいな感じ」

そんな話をしながらミヨシがファミレスで肉を食べて腹ごしらえするのを待ち、「帰ったら二人の好きなもの作るね」と申し訳なさそうにするミヨシの向《む》こう脛《ずね》をアケシノがテーブルの下で蹴った。

それから、アケシノの膝で眠るカイリを起こさぬよう抱いて、三人で家へ帰った。

鹿神山へ帰った。

＊

「あの……、あけちゃん、カイリ、……そんなにぎゅってしたら、ぎゅっとされてる部分だけ尻尾が瘦《や》せちゃう……」

アケシノとカイリが、ミヨシの尻尾を握っている。

人間の世界から帰ってきてからというもの、二人はミヨシの尻尾を摑んで離さない。

眠る時も、食事の時も、どちらかが尻尾を摑んでいるし、どちらかが摑めない時は、摑める者が必ず手綱のように尻尾を握っている。

あんまりにもしっかりと握られるものだから、握られた部分だけ毛が早く抜けて、尻尾に段差がついていた。

「みよし君、すぐどっか行っちゃう」

「放蕩《ほうとう》息子、腰を据えろ」

カイリとアケシノが、じとっと恨みがましい目で見やる。

それだけ心配をかけたのだと、ミヨシは深く反省した。

「次はちゃんと途中で連絡入れるし、早く帰ってきます」

ミヨシは、嬉しいやら申し訳ないやらで、何度も頭を下げた。

カイリが頑張ってアケシノを道案内して、ミヨシを探してくれた。

アケシノが、大嫌いな人間の生活圏まで下りてきてくれた。

しかも、片目の視力をカイリに与えてまで、ミヨシを探してくれた。

「もともと、カイリにくれてやるつもりだった」

アケシノはそう言うけれど、それはアケシノにとって、とても大きな決断だったはずだ。

誰とも結婚しない、つがいを見つけない、子孫を残さない。

大神は自分で終わらせる。

そう決めているアケシノがカイリに自分の一部を与えたことは、途轍もないことだ。

己の信念を曲げるに等しい行為だ。

そうしてまで、アケシノはミヨシの為に行動してくれた。
カイリの右眼が、アケシノの左眼と同じ、朝焼けに似た色に染まっている。
とても美しかった。
特別な色をしていた。
この、特別を守る為になら、ミヨシはなんでもできた。

＊

ミヨシには、口で負ける。
ミヨシにはミヨシの信念があって、それに殉じて生きている。
山の工事は、続いている。
ミヨシは、ヒトを呪う。
アケシノは、もうそれを止めるのはやめた。
「ミヨシ、話がある」
夜半、カイリが眠る隣の部屋で、二人で話した。
お互いに正座で、膝を突き合わせた。
最初は、冷静に話し合いができていた。

なのに、次第にアケシノの感情が昂《たかぶ》って、想いが喉の奥に詰まって、胸が切なくなって、言葉が引っかかって出てこなくて、ようやく言葉を音にできたと思ったらその声は情けないほど震えていて、「いい加減にしろ」とどやしつけたかったのに「……心配なんだ、本当に……、お前が、もし、……っ、けがしたり……、本物の、魔物や、悪い神に堕ちてしまったら……っ」と、泣いてしまっていた。

アケシノはそんな自分に驚いたが、ミヨシはあまり驚いていなかった。

「置いていかれる身にもなれ……」

「ごめん……でも、もうすぐ、もうすぐ終わらせるから」

「お前は、いつも……それで、ちゃんと、説明がない……」

泣きたくないのに、しゃくりあげるのは我慢できるのに、涙だけが止まらない。

自分でも、なんで涙が出るのか分からない。

ただ、かなしい。

「あのまま、お前が、帰ってこなかったら……っ」

「アケシノ」

「うっさい、黙れ！　っはー……、あー……クソ、っ……」

ミヨシを黙らせ、天を仰いで涙を引っ込め、自分に悪態をつく。

ミヨシは強い。

ミヨシがアケシノとカイリのところへ帰ってこないなんてことはない。

絶対に帰ってくる。

そう信じるくらいには、アケシノはミヨシの強さを信じている。

だから、不安になって泣くなんて間違いだ。

誰が狐の為になんか泣いてやるもんか。

「ミヨシ、お前の考えは分かってるつもりだ」

アケシノは手の甲で涙を拭い、しっかりと泣き止んでから、ミヨシに向き直った。

なぜ、ミヨシが隣山の魔王と誇《そし》られるほどのことをするのか。

このまま鹿神山を崩す計画が進行すると、確実に、アケシノの住むまかみ岩もすべて崩されるからだ。

信太山も削られてしまうからだ。

ミヨシは、そういうことから皆を守りたかったに違いない。

前領主である鹿神は、山を崩されて、悲しくて、でも、自分が凶つ神になってまで人間を祟りたくないと考え、自ら死んでしまった。

ミヨシは人間どもの毒牙《どくが》が大切な人たちに及ぶ前に、水際で食い止めたかった。

己が地に堕ちてでも、大切な人たちを守ろうとした。

「お前は、人間のやることが気に入らないから祟ってたんじゃない。お前は、俺たちを守る為に、そうする道を選んだんだ」

「買いかぶりすぎだよ。俺はそんなに強くないし、まだまだ未熟だ。それに、水際で食い止めるなら、父さんや母さんに相談したほうが早い」

「でも、俺は、お前の特別だ」

　アケシノは、ミヨシの特別だ。

　信太狐の惣領《そうりょう》であるミヨシの父母に、大神のアケシノを守ってくれと頼むのは、筋違いだ。

　信太狐と赤大神は、近頃は互いに不可侵だが、ほんの十数年前までは、険悪だった。

　信太村の信太狐は、まかみの原の大神に悪印象しか持っていない。

　なのに、その信太の惣領夫婦が大神を守ったなら……、守ってくれと息子に頼まれたなら……、それはそれでミヨシの父母を困らせることになるだろう。

　信太村でも、大きな問題になるだろう。

「お前は、親に頼らず俺を守る方法を選んだだけだ」

「だってそりゃそうでしょ」

「……？」

「なんで、好きな子を親に守ってもらわなきゃなんないの」

　ミヨシは、アケシノを守りたい。

やっと守れるくらい強くなった。

ミヨシはアケシノを守れるなら、手段を選ばない。

人間を祟ることが、アケシノを守るのに、もっとも有効な手段だった。

人間の血で土地を汚さず、人間の恨みつらみで空気を汚さず、人間の邪念をアケシノに向けさせず、人間を追い払う。

アケシノの住む場所が、ヒトの陰気がまとわりつくような場所にしたくなかった。

だから、鹿神山で祟った。

ヒトを祟れば、万が一の際の祟り返しはミヨシに返ってくる。

人を呪わば穴二つだ。

誰にも迷惑をかけない。

ミヨシの特別な子を守れる。

ずっと、ずっと、ずっと、ミヨシがすずだった頃から心に決めていたことを実行できる。

アケシノの傍にはずっといられないかもしれないけれど、それでも、好きな子を守れる。

「…………」

「俺、強くなったでしょ？　……っ、だ！　……痛い！　なんで殴るの！」

無言でミヨシの頭をはたくアケシノを、恨みがましく見やる。

「報告！　連絡！　相談！　狼社会の常識!!」

「俺と群れを作ろうって男が、俺にほうれんそうナシで行動するな！　噛み千切るぞ！」

アケシノは怒る。

怒るけど、自分だってミヨシを頭ごなしに叱《しか》れるほど考えがあって慎重に行動するほど落ち着いた年齢でも性格でもない。

「だってアケシノにほうれんそうしたら絶対にやめろって言うじゃん！」

「当然だ！」

「それどころかアケシノが俺の立場だったら、絶対に俺と同じことするでしょ⁉」

「当然だ。俺たちは、どっちもどっちだからな」

アケシノは眉を顰めて苦笑して、再び正座に戻ってミヨシに向き直る。

まだ若くて、未熟。

できないことのほうが多くて、できることをやろうとすると、間違える。

いっぱしの大人みたいに振る舞っていても、やっていることは、大人の真似事をしようとする子供の振る舞いでしかない。

「ミヨシ、もうこんなことしなくていい。やめよう」

「いやだ。ここでやめたら、本当に君の居場所がなくなる」

「もういい。居場所ならここにある」

「……ここだって、そのうち、なくなる」

「なぁ、ミヨシ……」

腹の底から息をして、心を落ち着け、アケシノは静かに声を発する。

もう、その声は涙を孕んで震えたりしない。

アケシノは、覚悟が決まっている。

「ミヨシ、お前が考えを変えないというなら……」

「見限る？」

「お前と一緒に堕ちるところまで堕ちてやる」

「…………」

「いいか、ミヨシ、お前だけが男だと思い上がるなよ」

ミヨシの胸倉を摑み、ケンカを売るみたいな愛の告白をしてやる。

好きな男のすることなのだ。誰か一人くらいぜんぶ肯定して、受け入れて、許して、傍で支えてやらなくてはならない。

ミヨシを独りにはさせない。

黒屋敷の両親にも、兄弟にも、誰にも話さず、ミヨシは一人で人間と戦ってきたのだ。

もう一人では戦わせない。

「お前は俺の大事な……大事な特別だから、絶対に独りで死なせない」

弟分でも、信太狐でもなく、アケシノが生きるのに必要な糧だから、死なせない。

「死ぬつもりはないんだけど……」

「そんなことは分かってる。俺が隣にいてやるから、お前はお前のやることに胸張って生きろって言ってやってんだよ！」

ごつっ、と重い頭突きを食らわせる。

「……いたい」

「うるせぇ」

「俺と一緒にいたらアケシノまで悪い神様になっちゃうよ。……それに、カイリはどうするの？　俺、自分がダメになった時は、君に頼もうと……」

「ダメになるな。カイリは二人で守るんだ」

「そんな横暴な……」

「お前、俺に惚れてんだろ？　なら、俺の望む通りにしろ」

「……あの、アケシノさん……質問していいですか？」

「許す」

「アケシノさんも、俺に惚れてくれてるって理解でいいのかな？」

「ちがう」

「ちがうの？　こんな一世一代の告白しておいて……」

「滝壺《たきつぼ》で溺《おぼ》れていた時に、お前に助けられた。その借りを返してやるだけだ」

「アレって、そんなに大きな貸しだったっけ？」

「うるさい、俺が一度返すと言ったものをお前は突き返すのか」

「……いいえ」

「絶対に惚れたとか言ってやらねぇからな。思い上がるな。お前がどんなバカやっても、俺だけは見捨てない。なにがあってもお前の傍から離れないからな」

「………ありがとう」

「ふん」

摑んでいた胸倉を突き放す。

恥ずかしいことを言ってしまった。

アケシノは、どすっ、と音を立てて畳に座り直し、胡坐をかく。

「……あけしの君、みよし君……」

襖の隙間《すきま》に、カイリの小さな手が差し込まれる。

「うん、ここにいるよ。どうしたの？　うるさくて目が覚めちゃった？」

ミヨシが畳を這って襖を開け、カイリを抱き上げる。

「おふとん、さむいの」

「そっか、じゃあ三人で一緒に寝ようね」

「うん」

頷きながら、目を擦《こす》って、カイリはアケシノも手招く。

ミヨシとアケシノは、真ん中にカイリを挟んで、ぴとっとくっついて眠った。

離れずに、寄り添って、カイリの腹の上で、黒と赤の尻尾を絡ませて。

＊

人の世界からミヨシを連れ帰って一ヵ月。

ある日、唐突に、高速道路の建設が中止になった。

中止になる前後から、工事があったりなかったり、工事が始まったと思っても、一時間ほどで急に取り止めになったり、明らかに工事関係者ではないヒトの出入りが激しくなったり、作業員ではなくカメラを担いだ人間が山を登ってくるようになった。

いま現在も、山にはヒトの出入りがあるし、新聞や雑誌の取材とやらで記者やカメラマンがうるさくしているが、工事が止まった分だけ、山は静かになった。

「ちょっと町とコンビニ行ってくる」

山からコンビニまで三時間だ。

アケシノとカイリが、「ちょっと？　ほんとに？」と言わんばかりの顔で見ると、「ほんとだって。約束する」とミヨシは笑った。

身支度を整えたミヨシは朝一番に出かけると、昼前に戻ってきた。

「おみやげ」

ミヨシはコンビニの袋を卓袱台《ちゃぶだい》に、ケーキ屋の紙袋をカイリに渡した。

「ケーキだ！　あけしの君、ケーキだよ！　ケーキ！　みよし君、ありがとう！」

「どういたしまして。カイリ、ケーキ崩れちゃうから机に置こっか？」

ミヨシはカイリの手に手を添えて、卓袱台にケーキ屋の紙袋を置き、白い長方形の紙箱を取り出す。

「あまいにおいするね」

カイリは紙袋や紙箱に染みついた砂糖の匂いにはしゃいでいる。

「うん、いいにおいだね。カイリはあったかいミルクにする？　あけちゃん、すぐに紅茶淹《い》れるから待ってて」

「おてつだいする！」

カイリはミヨシを追って台所へ駆けていく。

目が見えるようになって、カイリは走るようになった。

子供が家のなかを元気に駆け回る音は、耳に心地良い。

「……けーき……」

二人がいなくなってから、アケシノは卓袱台の前に正座して、ケーキの箱に、くん、と鼻を寄せる。

確かに、甘いにおいがする。

長方形の紙箱を四方八方から観察し、箱の背中側まで覗き込む。蓋に印字された金色の紋章を撫でて、その箱がほんのりと冷たいのに驚いて、手を引っ込める。

恐る恐るもう一度触れてみる。やっぱり冷たい。カイリが熱を出した時に、この紙箱をほっぺたに当ててやったらきもちいいんじゃないか？　なんて思った。

「それ、中に入ってる保冷剤が冷たいだけだからね」

「……っ！」

びょっ！

尻尾と耳を出して、まっすぐ正座で座り直す。

「そんな取り繕わなくてもいいのに。興味津々でしょ？」

ミヨシは、洋風の茶器を卓袱台に置いて、アケシノの隣に座り、箱の封を剝がす。

「見せて、見せて」

ミヨシの膝に乗り上がって、カイリがケーキの箱の前に陣取った。

上蓋を持ち上げると、箱の前面が前に倒れて、ケーキがよく見えた。

「わぁ……きれぇねぇ。……ね、あけしの君、きれいなのいっぱいあるね」

カイリは卓袱台の端に両腕を組んで乗せ、その腕に頬をくっつけて頭を乗せる。

「……これが、けーき……」

ミヨシの横に座るアケシノも、カイリに手を引かれて、一緒にケーキを見る。

「いちご、オレンジ、メロン、マスカット、ぶどう」

「……宝石じゃないのか？」

「果物だよ。チョコと、生クリームと、プリンもあるよ」

「……きらきらしてる」

そういうアケシノの瞳も、きらきらしている。

「あけちゃん、きらきらしてるモノ好きだもんねぇ。カイリ、ちょっとあけちゃんのお膝に行ってて。紅茶淹れるから」

ミヨシの膝からアケシノの膝にカイリを横移動させて、紅茶をカップに注ぐ。

「みよし君はどれ食べたい？」

「俺はどれでもいいよ。カイリが好きなの選んで、好きなだけ食べて。今日は特別」

「いいの？」

「いいよ。あけちゃんも好きなのどうぞ。よし、カイリおいで。あったかいミルクあるから、火傷しないように、ふぅふぅして飲もうね」

ミヨシはカイリを膝に引き取って、二人に好きなケーキを選ばせる。

カイリは、「ほんとに？　ほんとにいいの？」とミヨシとケーキの間で顔をきょろきょろさせて、「ごめんね、早くえらぶね、ごめんね」と焦っている。

「ゆっくりでいいよ」

ミヨシはカイリの頭を撫で、子供用のスプーンとフォークを前に置く。

カイリは、「いちご、ちょこ……ぷりん……」と、赤と黒の瞳をうろうろ。

「あぁもうまだるっこしい！　ぜんぶ食いたいだけ食え！　おい、ミヨシ、ぜんぶ箱から出してカイリの前に並べろ！」

アケシノは、箱の中のケーキをぜんぶミヨシに出させた。

自分でやるとケーキを崩しそうなので、ミヨシにやらせた。

「でも、ぼく、ぜんぶ食べられない……」

「残したら俺が食ってやる」

「おぎょうぎが……」

「は？　行儀？　そんなもんは、残したら行儀が悪いとか、ぜんぶちょっとずつ食うのが行儀悪いとか、そういうことが分かってる奴は今日に限って守らんでいい。外で行儀良くできるなら今日は免除だ。なんか知らんが今日は特別なんだろうが。食いたいものから食え」

「うん、今日はそうしよっか」

カイリがミヨシに「いいの？」と瞳で尋ねるから、ミヨシも頷く。

「じゃあね！　あのね！　いちご！　いちご食べるね！　いただきます！」

真っ白の雪の上に乗せられた、ルビーみたいな苺《いちご》を、ぱくん。

口に入れた瞬間、きゅーっと喉の奥に広がる甘味に、両手を胸の前でぎゅっとして喜ぶ。

カイリは、それをゆっくり味わって、こくんと飲み干すなり、次は、右手と左手に一個ずつ苺を持って、「はい、どうぞ」とミヨシとアケシノに「あーん」をした。

「うん、おいしい。ありがとう。わけわけできて、カイリはいい子だね」

「……お前が食え、お前が食いたいんだろうが」

ミヨシは素直に苺をもらって、アケシノはすこしかっこつけながらも、渋々の体で苺を口に入れてもらった。

口に入れてもらった苺があまりにも美味しかったのか、それとも、苺にちょびっとだけついていた生クリームがあまりにも美味しかったのか、アケシノは瞳をきらきらさせて、尻尾でばたばた畳を叩いていた。

カイリがケーキを味わうのを見守りながら、ミヨシはコンビニの袋から新聞紙や週刊誌を取り出して、畳に広げ始めた。

新聞や雑誌は一紙だけではなく、たくさんの種類があった。

「食うか読むかどっちかにしろ」

カイリの手で、せっせと口にケーキを運んでもらいながら、アケシノが苦言を垂れる。

「うん、……必要なとこだけ目を通したらやめる。……おいしい」

カイリは、新聞を読むミヨシの口にもケーキを運んでくれる。

「ほら、俺らに餌与えてないで、お前が食え」

アケシノは慣れない手つきでフォークを使い、カイリにケーキを食わせてやる。

時々はミルクも飲ませて、口の周りの白いのを拭ってやる。

ケーキとミルクでおなかがいっぱいになって、「お昼ご飯食べられない、どうしよう」とカイリが本当に困った顔でぽんぽんに膨らんだおなかを二人に見せてくれる。

「今日は特別だからね」

ミヨシが優しく笑いかけ、お昼ご飯はおなかが空《す》いた時に食べよう、と提案する。

昼食を遅らせると決めると、ミヨシが新聞や雑誌に目を通す横で、アケシノとカイリはプリンを半分ずつする。

プリンの容器が空になる頃、ミヨシは新聞の残りを読み終え、アケシノは砂糖をたっぷり入れた紅茶を飲んで喉を潤していた。

相変わらず、アケシノは、味のついた料理や、美味しいはずのミヨシの手料理があまり美味しいと思えない日々が続いていたけれど、今日のケーキや紅茶は美味しいと思った。

「……人間は好かんが……けーきは認めてやってもいいな……」

アケシノは、ミヨシが読み終えた新聞を手前に引き寄せ、何気なく目を通す。

高速道路建設計画、中止。

堅苦しい印象の新聞には、そんな言葉が一面を飾っていた。

野球や芸能のことが書いてある新聞には、政治家と建設会社社長の癒着や、とある政治家の失脚について、面白おかしく書いあった。

松末社長夫妻、長男五歳、行方不明。

殺害か、山中に遺棄か。

雑誌には、大衆の購買意欲を煽《あお》るような文言ばかりが躍っている。

「もう工事はないよ。完全に中止」

ミヨシは頼もしい声で、「安心して暮らせるよ」とアケシノに微笑みかける。

「……お前が中止にさせたのか？」

「ご名答。……ま、あちこちに協力してもらったけどね」

「二週間以上も人間の世界にいたのは……」

「これやってたんだよね。メディア……新聞社とか記者とか、警察とか、公安とか、けっこうあちこちにいるんだよ、ヒトじゃない人。やることは人間と同じで、情報収集して、証拠固めて、逃げ道塞いで、潰して、……ってやるだけなんだけどね。でもまぁ、人間がそれをするより、俺たちがやるほうが手っ取り早いこともあるよね」

狐目を細めて、にたりと笑う。

悪い顔だ。

「カイリの……」

「あぁ、あの人たちね……、まぁ、逮捕されるだろうね。談合と収賄、ほかにも悪いこといっぱいしてるしさ。従業員の扱いもかなり悪くて、病気の人を現場で働かせたりしてたからさ。……あと、死体は見つからないけど、そっちも近いうちに自供するよ」

アケシノとミヨシは声を潜めて会話をし、カイリを見やる。

警察にも、ヒトならざる者はいる。

カイリの実父母はすべてを供述して……そして、ヒトならざる者に操られて、「カイリを山に埋めました」と素直に認め、すべての罪を自供させられて、一生を不幸のうちに終えるだろう。

己のしてきたことに見合う最期を迎えるだろう。

「あの人たち、不特定多数の人間からも随分と恨みを買ってたみたいだし、いい最期じゃないだろうね」

信太狐としてのミヨシは清々するが、カイリの養父としては苦笑するしかない。

あんな親でも、カイリの親だ。

大きくなったカイリが、親がどうしているかと気になった時に、万が一にも、再び会いたいと思った時に、実の両親があまりにも惨たらしい状況であったなら、カイリは自分を責めるかもしれない。

だから、将来、カイリが自責の念に囚《とら》われないように、けれども、こちらの溜飲《りゅういん》の下がる方法で、ヒトならざるモノを敵に回したことをその身で贖《あがな》わせた。

祟り鈴の本領発揮だ。

「あけちゃん、大丈夫？　驚いてる？」

「いきなり一気に片づくもんだから……」

「出かける前に言ったじゃん、カタつけてくるって」

「でもなんで、急に……」

「だって嫁さん孕んでるのに、ヒトなんか祟ってる場合じゃないじゃん？」

「嫁？」

「嫁」

「……はら……はらむ……」

アケシノは、ケーキでぽんぽんに膨れたカイリのおなかを思い出す。

あれはあれで、たぬきみたいでかわいい。

「嫁さん孕ませちゃったんだから、そろそろ祟るのやめて、家庭に収まろうかなって考えてさ、ほんとは、祟りながら工期を遅らせて、もうちょっと慎重に計画詰めて、建設工事を完全中止に持っていくつもりだったんだけど……。しょうがないよね、嫁さん孕んじゃったんだから。そっち大事にしたいし、ちょっと強引だったけど早めにケリつけたんだ」

「誰の嫁が孕んだんだ。……お前の、その、……互助会みたいな仲間内の嫁か」

「いや、俺の嫁さん」

「お前の嫁さん……」

「そう、俺の嫁さん」

「誰だ」

「アケシノ」

「…………」

「え、気づいてなかったの？　子供ができたから、ついに観念して、こないだ、あんなふうに膝を突き合わせて話し合いをしてくれたんじゃなかったの？」

「……？」

「子供ができたから、ずっと一緒にいることを決めてくれたんじゃなかったの？」

「…………」

「……ほんとに、まったく？　ちっとも気づいてなかったの？　……俺を担いでるとか、冗談じゃなくて？」

　アケシノがあんまりにも呆然《ぼうぜん》としているから、ミヨシもじわじわ驚く。

妊娠に驚くんじゃなくて、鈍感なアケシノに驚いているのだ。

「孕んだら、つわりとか、具合が悪いとか、いろいろあるんだろ」

「ある人が多いらしいね。俺の母さんもつらそうだったし、おしのちゃんもそうだよね」

「俺、なんにもなかったぞ」

「いや、ご飯が美味しくないとか言ってたじゃん」

以前は「美味い」と食べていたミヨシの料理を食べられなくなった。

饅頭や、生クリームを浮かべたココア、ケーキ、ミルクと砂糖の入った紅茶。いままで馴染みがない食べ物だったのに、甘いものなら食べていた。

街へ下りた時に、鼻も利かないし、何度もえずいて吐きそうになっていた。

清浄な山にいる時はよかったけど、街に下りた途端、だめだった。

いつもはミヨシに勝るほど速く走るのに、仮にカイリを抱いていたとしても、ミヨシと同じ速度で走れるような大神が遅れをとった。

その胎からも、ちゃんと子を孕んだメスの匂いがしていた。

「胎に子を抱えて身が重くて、子供を守らないとって本能的が働いて、走るのも遅くなったんだと思うよ」

「…………」

言われてみればそうかもしれないが、そんなもの気づくわけがない。

そもそも、腹がぺたんこだ。

「あけちゃん、腹筋しっかりしてるからなぁ……。おしのちゃんもそうだったって、ネイエちゃんが言ってたよ」

「自分の母親の出産事情など……知らん。……そもそも、なんで俺より先にお前が気づくんだ」

「好きだから。それに、君、自分の変化に疎いからなぁ……」

なんせ、メスの発情期のほうもゆっくりで、数年前にやっとミヨシで発情したくらいだ。

ずっと前から、アケシノの体と本能はオスのミヨシを受け入れていたのに、心だけがゆっくりで、なかなか変化に対応できなかったのだ。

「気づいてんなら、なんで早く言わねぇんだよ」

「俺も気がついたのは最近だよ。思い返すと、そういえば、あれも、これも、それも……って思い当たる節があって、妊娠の条件に重なってて、……で、こないだの話し合いで、あぁ、やっぱりそうなんだ、あけちゃんも気づいてたんだ……だから一緒に暮らすこと決めてくれたんだって思って……、……ちょっと待って、うわ、嬉しい。じゃあ、あけちゃん、子供ができてなくても俺とカイリとずっと一緒にいるって心に決めてくれてたんだ？　うれしい」

うれしい、うれしい、うれしい。

「尻尾がうるさい、ばたばたするな!」

アケシノは立ち上がり、ミヨシの尻尾を踏みつける。

頭のなかでは、いろんな考えが流星のように流れていく。

本当にこの胎に子供がいるのか、もしそうだとしたら、いつ、どれだ。

「……っ、カイリ！　座布団の下にもぐって両耳を塞いで亀になれ！」

「はい！」

　カイリはアケシノに言われるまま座布団の下に潜り込み、両耳を塞いで、ちぃちゃく丸まって亀になる。

　それを確認してから、アケシノはミヨシをどやしつけた。

「そもそも！　俺とお前は一度きりだろうが！」

「俺の精子、強いね！」

「このっ……、一発屋！」

「いやいや、百発百中って褒めてよ」

「百回もお前と交尾してない！」

「じゃあ、一撃必殺？　一発必中？」

「あぁああ〜〜〜」

　アケシノは膝から崩れ落ち、頭を抱える。

「カイリ、もう亀さんいいよ。出ておいで」

ミヨシは座布団をどけて、カイリを膝に乗せる。

「みよし君、あけしの君どうしたの？」

「あかちゃんできたの」

「あかちゃん！」

「そう、あかちゃん」

「ふあぁ……すごい」

カイリはミヨシの膝を下りて、アケシノの傍へ近寄ると、よしよし、頭を撫でる。

「……カイリ」

この世で唯一の救いのように、アケシノはカイリを見やる。

カイリは賢いから、もしかしたら、なにか特別な言葉をかけてもらえるかもしれない。

そんな淡い期待を抱く。

「あけしの君、ぼく、おにいちゃんになるの？」

「あぁああ～……」

追い打ちをかけられた。

「観念してよ、往生際悪いよ」

ミヨシとカイリは、にこにこ、ばんざーい！　している。

「お前は、なんで、そんな……っ、よく考えろ、俺が、もし、妊娠して……ガキ産むってなったら……っ」

「なったら？」

「シノオと出産時期がほぼ同じで、かぶることになるんだぞ⁉」

「わぁ……ということは、おしのちゃん、子供と孫がほぼ同時にできることになるんだ」

「なんで‼　そういうことに‼」

アケシノは再び頭を抱えた。

「なんで狼狽《うろた》えんの？」

「なんでもっ……なにも、だって、お前……っ、おれ、大神で……お前……っ」

「産んでよ。俺、アケシノを孕ませる為に抱いたんだから」

「そういうことをカイリに聞かせるな！」

カイリの両耳を塞いで、アケシノは耳も首も真っ赤にする。

「でも、ほんとに、君をつがいにするつもりで抱いたんだ」

「……っ」

「好きだから、抱いたんだ」

「あの時は、俺を助けたいから……抱いたんだろうが」

「好きだから、どうやってでも助けたかったんだ」

「…………なんでだよっ」

「……なにが？」

「なんで、そんな男前に育つんだ……ばか……」

愛情がちょっとすごい一直線。

アケシノが、それをひとつ受け入れても、また、次から次へと愛が差し出される。

ミヨシの一途《いちず》さであっという間にアケシノの心は溢れて、こぼれる愛情を掬って掻き集めてめいっぱい抱えても、もっともっともっとと注がれて、与えられて……。止《と》め処《ど》がない。

これでもかと健気に愛されて、重苦しい。

いままでは形のない愛だけだったのに、形のある愛までできてしまった。

アケシノは、これからそれを抱えて生きていかなくてはならなくて、到底、抱えきれるものじゃなくて、アケシノの心の器は、ミヨシが尽くす愛をすべて受け入れられなくて……。

「俺とずっと一緒にいてくれるって言葉、嬉しかった。君の特別だって言ってもらえて嬉しかった。俺、これからも君の特別でいたい」

アケシノの手をとり、真ん中にカイリを挟んで見つめ合う。

カイリは、ドキドキする展開に胸を弾ませているようで、瞳がきらきらだ。

「俺と結婚して」

「…………いやだ」

アケシノは、溢れて溺れるほど与えられた愛が甘ったるくて、胸やけを起こした。

アケシノは押しに弱い。

ミヨシの強引さに圧倒されて、今日まで来てしまった。

ミヨシの笑顔や言動に惹《ひ》かれて、引き込まれて、惚れてしまったかもしれない。

状況だけがどんどん進んでしまって、でも、どこか頭の片隅で心だけは取り残されている感じがしていて、なのに、その心の器にもっと愛を注がせてと乞われて、それが最終的にどういうことになるか、分かっていたはずなのに、今日まで立ち止まれなかった。

ミヨシは、「立ち止まったらアケシノが我に返って怯えてしまうから」という理由で立ち止まらなかった。

アケシノは「立ち止まり方が分からなくてこわいのに、ミヨシといることが心地良くて、人間を祟るのをやめさせるまでは……と理由をつけて、いまはミヨシから離れられない」と自分に言い訳をして、立ち止まらなかった。

でも、ここいらが潮時だと思った。

【5】


ミヨシは信太村に戻った。

カイリだけを連れて、黒屋敷の門をくぐった。

放蕩息子の帰還を、御槌はいつもの顰《しか》めっ面で、褒名は笑顔で出迎えた。

鹿神山でのことやミヨシが人間世界でやっていたことを、両親はおおよそ把握していた。

御槌は、子供に選択させて、自分の納得いくまで自分で行動させる性格だ。

褒名は、子供には余計な苦労をさせたくない性格だ。

正反対の二人ではあるが、いざとなったらミヨシを助けるつもりでいたし、ミヨシが道を外すなら正すつもりでいたらしいが、出番がなかったらしい。

「父さん、母さん、話があります」

帰宅早々、ミヨシはそう切り出し、応接間に一席設けてもらった。

「好きな子を孕ませました。これを機に本格的に家を出て結婚します。そして、この子は、俺の養子です」

「こんにちは、カイリです。よろしくおねがいします」

ミヨシの隣で、カイリが深々と頭を下げた。

御槌は眉間の皺を深くして腕を組み、褒名はカイリに小さく手を振って、「お菓子どうぞ」と一緒に食べている。

「それは人間の子供だな？」

まず、御槌が口を開いた。

「そうです」

ミヨシは、この話し合いの前に、カイリの状況を簡単に書いた手紙を両親に渡していた。

カイリの目の前で、口頭で説明するには酷な内容だからだ。

カイリは、人間の親に捨てられた子供。

頭に大きな傷があって、ミヨシが助けなければ、確かに致命傷だった。

アケシノが目を与えなければ、それが原因でいずれは死に至った。

ミヨシとアケシノ、二人で命を助けた。

「お前の血と命、アケシノ殿の眼を与えて助けたんだな？」

「はい」

「それがどういうことを意味するか、分かってやったんだな？」

「はい」

ミヨシがすこしでも自分の血と命を分け与えたなら、カイリはもうミヨシの眷属《けんぞく》だ。

しかも、アケシノの片眼ももらっているので、大神の眷属にもなっている。

アケシノは自分の代で終わらせるつもりの大神一族に、カイリという生き物を迎えた。

次の世代の大神を招き入れたということだ。

ヒトの世界から戻ってこないミヨシを探す為に。ミヨシの拾い子を、ミヨシと同じように育み、慈しみ、愛する為に……、大神を終わらせない決断をした。

アケシノは、ミヨシの為に己の信念を曲げた。

それは、なによりも誠実な、アケシノからミヨシへ差し出された愛だ。

「そちらのカイリ殿が、成長して、修行を積み、人間への擬態を習得すれば、いずれは、人間の世界へ戻って暮らすことも叶《かな》うだろうが、もうすでに普通の人間とは違う。ヒトの理からは外れている。カイリ殿はそれをご存知か？」

「……むつかしいです」

御槌の言葉遣いに、カイリが首を傾《かし》げる。

「カイリはもうヒトじゃないけどだいじょうぶ？」

ミヨシが説明するように、御槌がものすごく言葉を嚙み砕いて尋ねる。

「はい！　だいじょうぶです！」

カイリは元気にお返事する。

いまのカイリには、人間と同じ身体的成長や老いが訪れない。

人ならざる能力も少なからず備わっていて、今後、それがどういった形で発露するかも分からない。それが分かるまで、分かったものを自分で制御できるようになるまで、カイリは、人里へは戻れない。それまではこちら側の世界で生きることになる。

「カイリ君、っていったかな？　こんにちは。いまカイリ君とお話したのはミヨシ君のお父さんで御槌さんです。俺は、ミヨシ君のお母さんで褒名っていいます。もし、カイリ君がミヨシ君の子供になるなら、御槌と褒名は、カイリ君のおじいちゃんとおばあちゃんになります。ミヨシ君にも訊かれたと思うけど、いまも、ミヨシ君がお父さんでいいと思ってますか？」

「はいっ！」

アケシノに仕込まれたハキハキとした返事で、これもまた元気よく答える。

続けて、「おかあさんは、あけしの君です！」と笑顔で褒名に伝える。

御槌がカイリを見ても、褒名がカイリに話しかけても、カイリは、ふにゃっと笑う。

ふにゃっと笑うけれど、ずっとミヨシの尻尾を握っている。

「こわいか」

御槌が尋ねた。

「おじいちゃんは……、しっぽ、ふわふわですか？」

「おじ……うん、おじいちゃんのしっぽはふわふわだぞ」

「触ってもいいですか？」

「………おはなしのあとだ」

「はいっ」

褒名ちゃんはふわふわ綿飴みたいに優しくて、ミヨシ君と同じ仕草で笑ってくれる。御槌さんは笑わないけど、ミヨシ君とほとんど同じ顔だから、ちっともこわくない。

「みづちさん、やすなさん、カイリのお話聞いてくれますか」

「聞こう」

「カイリは子供だけど、考えました。ぼくは、前のお父さんとお母さんのところに帰りたくないです。いっぱい抱きしめてくれる、みよし君が好きです。あったかいおにぎり作ってくれる、あけしの君が好きです。二人とも、ぼくと一緒のお布団で寝てくれるし、ぼくが怪我しそうになったら助けてくれるし、慌ててくれるし、心配してくれます。ぼくは、みよし君とあけしの君の子供がいいです」

カイリは、一所懸命考えた言葉を、気持ちを、御槌と褒名に伝えた。

「なかなかイイ面《つら》構えしてるな」

御槌がカイリのまっすぐな瞳を褒める。

「御槌さん、実際問題、カイリ君はミヨシが責任もって面倒見るしかない状況ですから、ここはひとまず……」

「そうだな。……お前たち、聞き耳を立てているなら、出てきてカイリに挨拶しろ」

褒名の言葉に頷き、御槌は襖の向こうへ声をかける。

すると、隣の部屋で息を殺していた黒屋敷の子供たちが、ぴょこっと顔を出した。

襖の隙間から覗くように、頭の上に頭を乗せて、そのまた上に頭を乗せて、黒狐が何匹も積み重なっている。

ミヨシより年上の兄から、年下の弟まで、たくさんの兄弟だ。

「あそぼ」

カイリと一番歳の近い黒狐が、カイリの手を引いた。

「カイリ、遊んでおいで。ミヨシはここでもうすこしお話してるから」

「みよし君、ここにいてね」

「うん。ここにいます」

ミヨシに見送られて、黒狐に手を引かれてカイリは隣の部屋へ行く。

大勢の黒狐にもみくちゃにされて、たくさんの尻尾を触らせてもらって、三角耳がいっぱいぴょこぴょこ動いていて、「玩具《おもちゃ》をどうぞ」されて、カイリは瞳をくるくる、きらきら。ミヨシが心配するより先に、カイリたちの楽しく遊ぶ声が聞こえた。

「では、話の続きだ」

御槌は茶を飲み、話を戻した。

「アケシノのことですか」

「そうだ。大神のところへ通っているのは知っていたが、まさか孕ませるとはな……」

「そこは、すみません」

眉間の皺が深くなる御鎚に、ミヨシは頭を下げる。

「ミヨシ、お前、アケシノ殿のどこがいい」

「いろいろと理由はあるけど、結婚したいと思ったのは元服した時。アケシノだけなんです。俺が幼名から元服後のミヨシに名前を改めてから、すぐにミヨシって呼び方を変えてくれて、一度も間違えずに呼んでくれて、ちゃんと一人前の男扱いしてくれたの」

すずからミヨシに改める時に、みんな、「すず」に慣れすぎていて呼び間違いをしたり、ついつい「すず」と呼んだりしてしまったけれど、アケシノだけは違った。

アケシノには、弟分扱いされたり、子供扱いされたりもした。

けれども、ミヨシが「元服した！」と言うなり、アケシノは、「ミヨシになったんだろ、おめでとう」と祝ってくれた。

それから先、一度も、呼び間違いをしなかった。

誰よりも一番にミヨシを一人前の男として認めてくれた。

だから、一日でも早く、この人の為に、この人の認めてくれる、この人の愛を独り占めできる一人前の男になりたいと思った。

「だから言ったでしょ？　ミヨシは本気だって」

褒名は、息子の成長と一途な想いに、ずっと前から気づいていた。

御槌の目には、まだまだ未熟な息子で、可愛いすずに映っていた。

御槌は、子供に人生を選ばせて、自分の納得いくまで自分で行動させる性格で、褒名は、子供には余計な苦労をさせたくない性格だが、どちらかと言うと、御槌よりも褒名のほうが子供に厳しいいし、褒名よりも御槌のほうが過保護なのだ。

「……それで、当のアケシノ殿は？」

「信太村には入らないって言い張って、いまは、ネイエちゃんとおしのちゃんのところで待ってもらってます」

「アケシノ殿とつがうんだな」

「それがさ、結婚は断られたんだよね」

「袖にされたのか」

「されちゃった。でも、諦めない。カイリのこともあるから、一緒に暮らすことはアケシノも同意してくれてる。父さんからしたら、中途半端なことはするなって叱るようなことかもしれないけど、いまはそれで許して欲しい」

好きな子が願い望む通りにしたい。

それが親の願い望む形でなかったとしても、好きな子の意思を優先したい。

好きな子を守りたい。

愛したい。

「お前の考えは承知した」

御槌は、表情こそ変えないが、まだまだ子供だと思っていたミヨシの成長を垣間見《かいまみ》て、嬉しいやら驚きやらで、頭を悩ませていた。

なにせ、よそ様の大事な息子様を、我が不肖の息子が孕ませてしまったのだ。

「実際問題、孕ませてしまったなら、それに対して責任をとらねばなるまい」

「そうですね」

「褒名、礼服の支度を頼めるか」

「はい」

褒名は立ち上がり、「めちゃくちゃ頭ごなしに怒られなくてよかったね」とミヨシへ目線で合図して、応接間を出た。

「この馬鹿者が」

「本当に申し訳ありません」

静かに息子を叱る御槌に、ミヨシは深々と頭を下げた。

問題はたくさんある。

黒屋敷の息子が、大神とそういう関係になってしまったのだ。

御槌と褒名がそれを受け入れても、信太村が諸手《もろて》を挙げて歓迎するとは思えない。

おそらく、ミヨシは黒屋敷とは縁を切ることになるだろう。

ミヨシは、こういう時に両親を尊敬する。

こうなることを想定していても、御槌も、褒名も、ミヨシがアケシノを好きになることを反対しなかった。

ただの一度も、ミヨシに「あの大神はやめろ」と言わなかった。

ミヨシが誰かを好きになることを否定しなかった。

「親不孝をして、申し訳ありません」

ミヨシはもう一度頭を下げた。

「本当の親不孝は、お前が不幸になることだ」

御槌は、頭を下げるミヨシの、その頭を撫でた。

*

御槌と褒名は、正装でネイエとシノオのお宅へお詫《わ》びに伺った。

「うちの不肖の息子が、そちらの息子さんに大変申し訳ないことを……」

二人そろって、頭を下げた。

その横で、ミヨシも頭を下げた。

ミヨシの横っ面は見事に腫《は》れていた。

鼻血を吹いて、それを拭った痕が、頬や首筋、着物に残っている。

「……いや、うん……ご丁寧にどうも……って言ってあげたいんだけどさ……」

ネイエが苦笑いしながら、三人にお茶を出す。

部屋には、シノオとアケシノ、双子の姿がなかった。

カイリは、ミヨシの傍で、ミヨシと御槌と褒名の尻尾をぜんぶ独り占めして、お昼寝している。

さっきまで起きていたのだが、いつものお昼寝の時間になると、大きな欠伸をして、黒と白の狐の尻尾に埋もれて眠ってしまったのだ。

「ミヨシ、大丈夫？　ほっぺた冷やす？」

「大丈夫。もう血も止まってるし、腫れるのは自業自得だから」

ネイエに問われて、ミヨシが苦笑いで頷く。

横っ面を拳で殴られた。

シノオに。

罵声《ばせい》を浴びせられるでもなく、何発も殴られるわけでもなく、拳の一撃で勘弁してもらえたのだ。ありがたいと思った。

御槌も褒名も、「これぱっかりはしょうがない」と納得していた。

「シノオ殿は？」

「落ち着いて、向こうで休んでる。不調法をして申し訳ない、ってさ」

御槌の問いにネイエが答える。

「シノオさんの体調は？」

「ミヨシのこと殴るくらいの元気はあるから大丈夫」

褒名の心配に、ネイエは笑顔で応じた。

シノオの腹には、ネイエの子が入っている。

怒って血圧が上がったのか、ミヨシを殴るなり立ち眩《くら》みを起こして、奥へ下がってしまった。

大切な時期に、こんな大事《おおごと》になってしまって、御槌と褒名は頭の下がる思いで、いま一度頭を下げた。

「でもさ、もとはと言えば、ミヨシだって孕ませるのが目的じゃなくて、アケシノ君を助けるのが目的だったわけで、悪気があったわけじゃない。シノオもそこ分かってるから、案外、早めに落ち着くと思う。そしたらまた話そうよ。俺からも話しとくから」

「すまん」

「なに言ってんの、俺とお前の仲じゃん、水臭い」

御槌の謝罪にネイエは困り顔の笑みを浮かべ、「俺もお前も、親になっちゃったんだなぁ」と、長い付き合いをしみじみと慈しんでいた。

「ネイエさん、……それで、あの……アケシノ君は……？」

「………褒名ちゃん、それなんだけどさ、出てっちゃったみたいなんだよね」

「いつ⁉」

ミヨシが慌てて立ち上がる。

「ふにゃっ」

尻尾の上で寝ていたカイリが、ころっ、と転がって、目を醒ます。

「シノオが怒り出してミヨシを殴るちょっと前。まかみ岩に戻るって急に言い出して、走って出ていっちゃったらしいんだよ」

大神の姿になってそちらの方向へ駆けていったと双子が証言した。

「みよし君、どうしたの？」

「カイリ、大変だ。……あけちゃんが家出した」

「たいへん」

目を擦って寝惚《ねぼ》けていたカイリが、大きく目を見開く。

「お迎えに行こう」

「うん、行こう」

「父さん母さん、ネイエちゃん、ごめん。ちょっと行ってきます。おしのちゃんにまた来ますって伝えてください」

ミヨシはカイリを抱いて、まかみ岩へ走った。

＊

なぜ、家を飛び出してまかみ岩へ戻ったのかは分からない。

衝動だ。

時間が経って冷静になったのか、久しぶりにミヨシと離れて一人で考える時間ができたせいか、頭が急速に冷えて、こわくなった。

そう、こわくなったのだ。

いろいろなことが。

だから、逃げた。

「怖気《おじけ》づいたと笑え」

息せき切ってまかみ岩に辿り着いたミヨシに、アケシノは言い放った。

「あけしの君、おむかえ来たよ、かえろ？」

「……お前のことはちゃんとしてやる」

そっとアケシノと手を繋いでくるカイリに、ぎこちない笑みで返す。

カイリの手を握り返してはやれないが、突き放すこともしない。

「あけちゃん、いまさらなにに怖気づいたの」

「結婚してシノオみたいに丸く収まるなんて怖気《おぞけ》が走る。シノオはあれで幸せだが、俺はそうじゃない」

「どうして」

「俺はあんなふうに生きられない。つがいを作ったら、ぜんぶ台無しだ。やっと大神が俺だけになって、群れを守るとかいうクソみたいな肩の荷が下りたんだ。やっと責任から逃げられんだ。……なのに、また守る者が増えたら気が気じゃねぇんだよ」

「……そんなに重荷だったんだ」

「このまま一人で生きて、一人で死にたい」

子供を産んだり産ませたりするのも、誰かと争うのも、争いごとの種を増やすのも、大神とか狐とかそういうことを考えるのも、ぜんぶ、いやだ。

ぜんぶ自分で終わらせてすっきりしたい。

ずっと前にシノオから、「他にやりたいことを探せ」とか、「俺がしたように大神一族に対して責任を持つ必要はない、お前はまだ子供なのだから」と言われたこともあるけど、なにもやりたいことが見つからないから、アケシノは、シノオのように生きてみた。

でも、これからもシノオのように生きるには、つがいを見つけて、結婚して、子供を作って、家族に対して責任を持って生きていくことになる。

そんなのはいやだ。

アケシノはシノオに似て責任感が強いとよく言われるが、ちっともそんなことはない。シノオが一族全体のことを考えて動くのに対して、アケシノは好きな人の為にしか動けない。ミヨシ、カイリ、双子の弟やシノオ、ついでにネイエ、アケシノの面倒をよく見てくれた一対の狼。そいつらの為にしか動きたくないのだ。

シノオのように、誰も彼もに公平に接することができない性分なのだ。

そんな奴が、大神惣領にはなれない。

ずっと前から、それは分かっていた。

ミヨシやカイリと一緒に暮らすようになって、余計に自分がそういう生き物だと身をもって知った。

大神の尊厳や、まかみ岩やまかみの原を守りたいなら、ミヨシと一緒になってアケシノも人間を祟り殺せばよかったのだ。

でも、アケシノはそうしなかった。ミヨシに祟ることをやめさせることばかり考えていたのは、大神の領地を守るつもりがなくて、ミヨシだけを守りたかったからだ。

自分の特別なものだけ幸せなら、それでいいと思ってしまう性格だったからだ。

「どうやって、自分らしく生きたらいいか分からない……」

分からないから、終わりにしたい。

アケシノという大神の一生に幕を引きたい。

なのに、どう足掻《あが》いてもそれができない。

いつも、必ず、なにをするにもミヨシの存在がちらついて、踏ん切りがつかなくて、気がついたらいつもなにかに苛立《いらだ》っていて、なにかと戦っていて、なにに対しても素直になれなくて、胎に子供までいて……。

守りたい特別なものがあるのに、アケシノが守らなくてもほかの誰かが守るのだ。

ネイエがシノオを守るように、黒屋敷の夫婦がミヨシを守るように、ミヨシがカイリを守るように、ちゃんと、誰かが、誰かを守る。

「俺がいなくても……」

「あけしの君が死んじゃうなら、ぼく、この目、返す！」

もう生きていたくなくて、終わりにしたくて、自分に執着がなくて、自分を大事にしたくないからカイリにこの目をくれたのなら、この目は返す。

カイリは自分で目をぱちぱち叩き始めた。

「やめろ！」

アケシノはカイリの手を掴み、制止する。

「ぼくは、みよし君とあけしの君の子供になるって決めたの！　かみかくししてもらったの！　あけしの君とみよし君とぼくが一緒じゃないとやなの！　あけしの君は、ぼくの弟ちゃんや妹ちゃんを産んでくれないの⁉　ぼくのお父さんやお母さんみたいに、おなかのあかちゃんのことも大事にしてくれないの⁉」

「…………」

子供に当たり前のことを叱られて、アケシノは押し黙る。

「何度も同じことになるけどさ、俺の特別はアケシノだよ」

「…………」

「俺に愛される為に生きてよ。絶対に幸せにするよ」

「……俺は、狼だ」

「そんなの知り合った時から知ってる」

「シノオを孕ませた過去がある」

「生まれたばかりの君が、おしのちゃんを助ける為にできることをしただけだ」

ミヨシが、アケシノを助ける為に抱いたのと同じように……。

「お前とずっと一緒にいたら幸せだって分かってるのに、一歩を踏み出せない」

こんなに惚れてるのに、頭がついていかない。

感情に支配された獣だ。衝動だけが止まらない。

でも、ここで、感情任せに、衝動の赴くままに行動したら、ミヨシを不幸にする。

「俺さ、わりとあちこち修行とかに出てたじゃん？」

ミヨシは一歩を踏み出し、アケシノの前に立つ。

「…………」

アケシノは、いまどうしてミヨシがそんな話をするのか分からず、次の言葉を待った。

「俺が日本のあちこちへ修行へ出かけてたのは、……そりゃ、本当に君を守れるくらいの強さを手に入れる為でもあるけど、一番の理由は、君と一緒に暮らせる場所を探してたからなんだ」

信太村も、ネイエとシノオの近くも、まかみ岩も、まかみの原も、このあたりのミヨシの隠れ家も、どこもかしこも、アケシノとミヨシが暮らすには落ち着かない雰囲気があったから、それならば新天地を……と、考えていた。

「なんで……」

「ネイエちゃんとおしのちゃんのこと見てたらさ、やっぱ信太に遠慮してるなぁ……って思うところあったんだよ。特に、おしのちゃん。だから、双子を連れて引っ越せるくらいの時期になったら、すぐにネイエちゃんが信太からけっこう離れた場所に家を見つけて、そっちに引っ越しちゃったじゃん？　ぎりぎりアケシノとも会えるくらいの距離だけど、やっぱ遠慮があるんだろうなぁ……って」

「それが、なんなんだ」

「俺とアケシノが同じような状況になったら、やっぱり君も遠慮すると思うんだ」

「当然だ」

「だからさ、どっか遠いところで、三人で新しい生活始めようよ。……その為に、あちこちにすごくいいところいっぱい見つけておいたんだよ。……って言っても、鹿神山を引き継いじゃったから、あの山を守ることにはなると思うんだけど……、まかみ岩と鹿神山はお隣同士だし、信太村とも適度な距離だし、……どうかな？　俺、働き者だよ？」

「……？」

「俺、アケシノのところに婿入りする」

鹿神山とまかみ岩の真ん中に、新しい家を建てよう。

そこで、カイリと三人で暮らそう。

子供が生まれたら、四人家族かもしれないし、もしかしたら五人家族かもしれない。

「孕んだからしょうがなしに嫁入りするっていう気持ちなら、嫁入りしなくてもいい。俺が婿入りする。それもいやなら、俺と結婚してくれなくてもいい。つがいにもならなくてもいい。でも、腹の子の責任はとらせて。もちろん、俺が父親だって腹の子に伝えなくてもいい。でも、君と赤ちゃんとカイリが笑っている毎日を作るのは、俺じゃないといやだ」

俺から逃げないで。

逃げても無駄だから。

絶対にどんな手を使っても、君を手に入れるから。

俺は君の特別で、君は俺の特別だから。

「まだ若くて、頼りなくて、押しまくることしかできないけど、でも、絶対に君を幸せにするから」

「……近い。そんなにぐいぐい来るな」

両手を握られて、アケシノが後ろへ引いても前のめりになって押してくる。

すき、すき、だいすきの圧がすごい。

「俺は、君を幸せにしたい」

「…………」

「婿入りさせて」

「……押しかけ、旦那《だんな》……」

これじゃ、押しかけ女房ならぬ押しかけ旦那だ。

小さい頃から変わらない、一所懸命な真っ黒の瞳で、まっすぐアケシノを愛してくれる。

すず、あけちゃんのことすき！　そうしてアケシノに笑いかけてくれた、お日様みたいなキラキラの笑顔で、あの時とちっとも変わらないまっすぐな愛をくれる。

あぁ、そういえば、この笑顔が好きだったな、とアケシノは思った。

「……あけしの君」

「年貢の納め時らしい」

カイリに尻尾を引かれて、アケシノは笑う。

頑固で、優柔不断で、考えも行動も幼くて、ちっとも自分に自信がないけれど、アケシノは自分の特別なものがなにか分かってる。

ミヨシと、カイリと、胎の中の赤ん坊。

「……ミヨシ、お前のその顔面、シノオに殴られたのか？」

「あぁ、うん。……一発で勘弁してもらえて驚いた」

「次は、俺がお前の親に殴られに行く番だな」

アケシノはカイリごとミヨシを抱きしめて、見事に色の変わった頬を舐めた。

＊

カイリと胎の子のことを考えて、ひとまず、アケシノとミヨシは鹿神屋敷で暮らすことになった。

生活環境を大きく何度も変えることは、小さな生き物の心身によろしくない。

一ヵ月もすると、鹿神屋敷での生活も落ち着いてきた。

三日前は、ネイエが双子を連れて遊びにきてくれた。

今日は、ミヨシの兄弟がたくさん鹿神屋敷を訪れた。

黒屋敷の子らは、皆、カイリより年上だ。

特に、黒屋敷の一番下の四つ児にとって、カイリは初めてできた弟のように思えるらしく、「かわいい、かわいい」、「にんげんのこ、かわいい」、「あかいおめめ、飴ちゃんみたい」「はぐはぐしていい？」と猫可愛がりしていた。

もっと上の兄弟になると、「これがミヨシにぃちゃんの息子」とか「我が弟の息子かぁ」という印象になるらしく、結局は、「かわいいな」「うん、かわいい」「なにがかわいいって尻尾を握らせてくださいって言うのがかわいい」「かわいい」「お兄様がお小遣いとお菓子をあげよう」とやっぱり猫可愛がりだった。

一ヵ月の間に何度も訪ねてきてくれて、そうするうちにすこしずつ慣れ親しんで、なんと今日は、「ぼく、おにいちゃんになるから、お泊まりの練習する」とカイリから言い出し、遊びにきたミヨシの兄弟たちに肩車されて、黒屋敷にお泊まりに行ってしまった。

「夜、帰りたくなったら、お迎えに行くからね」

「遠慮なく泣け、迎えに行く」

ミヨシとアケシノに見送られて、カイリは笑顔でお出かけしていった。

夜中に帰りたいとぐずっても、この距離ならすぐに迎えに行ける。

すこし胎の目立ち始めたアケシノでは難しいが、ミヨシならあっという間だ。

きっと、夜になったら、こわくて「おむかえにきて」と呼び出しがかかるだろうと思っていたが、なんとまぁ黒屋敷で楽しくやっているらしく、深夜の見回りついでに、ミヨシの一番上の兄が立ち寄ってくれて、「夕方には親父と風呂に入ってたし、晩メシは母さんの膝だったし、出かける前に見たら兄弟全員で広間で団子になって寝てた。真っ黒なふっかふかの絨毯のど真ん中でぐぅぐぅお殿様だ。ありゃ大物だな」と教えてくれた。

一番上の兄は、昔からの狐と大神の確執を知っているせいか、アケシノとは会話しなかったが、「母さんから託《ことづ》け」と、アケシノの為に食べ物と着物を運んでくれた。

アケシノは深く頭を下げて、それを受け取った。

「二人きりって久しぶりだね」

「……？　あぁ、そうか。そうだな」

鹿神屋敷で、初めて二人きりになる。

今日からここで三人で暮らす。そう意気込んで始めた生活も、あっという間に一ヵ月。瞬く間だった。

「いまさらって感じかもしれないけど、これからよろしく」

「あぁ。よろしく頼む」

アケシノとミヨシは、改めて膝を突き合わせ、互いに頭を下げた。

これから決めていくことも、変わっていくことも、準備することも、話し合っていくことも、まだまだたくさんある。

周りの人に助けてもらっている面もいっぱいあって、そのたびに自分たちは未熟なのだと悔しい思いをするし、隣に立つ互いを見て心を落ち着け、頑張ろうと奮起する。

「助け合って生きていこうね」

「馴れねぇよ、そういうの……」

助け合うのは、馴れていない。

でも、これからは、そうして生きていく。

「……あけちゃん、いますごく夫婦っぽくていい感じなのに、なんで脱ぐの？」

「交尾するから」

ゆるい帯を解いて、ミヨシを畳へ押し倒す。

「…………なんで？」

腹に乗っかるアケシノを見上げて、ミヨシは目をぱちくりする。

「あれから一度もしてない」

「そうだけど……、いや、でも、胎に入ってるし！　あけちゃんがそういうことしたくなるまで、俺はいつまでも待つし！」

「だから、いましたいんだが？」

「なんで……？」

「お前、オス臭い」

「……？」

「律儀に貞節守って、よそで浮気もせず、貞淑な婿殿が禁欲してる横で毎日寝てんだぞ」

「…………」

「オス臭いんだよ。溜まってんだろ。そんな匂い撒《ま》き散らして、あちこちうろつくな。メスが寄ってくる」

「ご、ごめん……」

「毎晩、寝床でお前の匂いを嗅がされるこっちの身にもなれ」

胎にガキが入ってるのに、したくてしたくてたまらない。

毎日毎日、下腹が疼《うず》いて、前が張り詰めて、でもカイリがいるからと己を鎮めて……。

「我慢ならん。とっとと脱げ」

ミヨシの腹をずるずると這い下がり、腰帯を解き、着物の裾を割って、下着越しのオスを唇で食む。赤い目でミヨシの目を見つめながら、舌先で舐め、齧《かじ》る。

ほら、これをデカくしろ。こっちは、とっくの昔にお前で発情してるんだ。

胎が空いてたまらないんだ。欲しくて欲しくてたまらないんだ。

視線で、そう伝える。

「……アケシノっ」

大慌てで服を脱ぎ、下穿き一枚になる。

「よし」

アケシノは脱いだばかりのミヨシの着物をぜんぶ回収すると、ミヨシから離れた。

呆然とするミヨシを尻目に、着物を抱えて部屋の隅の押入れへ向かう。

押入れを開くと、そこには、こんもりお布団の巣穴ができていた。

いつも寝ている敷き布団を底板に敷いて、いつも使っている上掛け布団で周囲を固め、枕で隙間を埋めて、かまくらみたいな穴倉を作ってある。

そこへ、ミヨシの脱いだ着物をつめつめして、アケシノも入る。

「巣穴、いつ作ったの？」

「ちまちま作ってた」

「なんだかんだで君も押入れ好きだね」

「この屋敷には、狭くて暗くてお前の匂いがいっぱい籠《こも》ってる場所がない」

「……あ、こんなとこに俺の着物ある。……上着も。ちょっとこれ昨日のシャツじゃん。洗濯物から引っ張り出したの？　いつの間に？　……いいなぁ」

「なにが、いいなぁ……だ、俺とお前の巣穴だ。お前も好きに使え」

「じゃ、これも入れて」

「それは俺の枕と寝間着だからいらない」

「俺にはいるの。この巣穴、俺の匂いしかしないんだもん。あけちゃんの匂いもして欲しいじゃん」

「おい、ミヨシ、……カイリは？」

「お泊まり」

「あぁ、そうだった」

「ちょっと待って、いま、カイリも巣穴に詰め込もうとしたの？」

「当然だ」

大事な宝物ぜんぶ巣穴につめつめして、ぎゅうぎゅうして、尻尾で包んで、頰ずりして、大事に大事に巣穴で守って、育てる。

「ここで交尾するのに、カイリもつめちゃうの？」

「あぁ、そうか……、さすがに獣の交尾は見せられんか」

残念だ。ぴったりすっぽりカイリの入る隙間を作って、両前脚の肉球でふみふみして、一番ふかふかにしておいたのに……。

「帰ってきたら、三人で巣穴に入ろうよ」

「それは構わんが……おい、ミヨシ……お前、入れすぎだ」

「だってこれあけちゃんの匂いするんだもん」

二人がそれぞれ好きなものを巣穴に詰め込むから、あっという間に巣穴は満杯だ。

「欲張り」

ミヨシの額にこつんと額を押し当て、アケシノが目を細めて笑う。

ミヨシはアケシノの毛布を胸に抱きしめ、はにかみ、くっついた額をすり寄せる。

二人で作った立派な巣穴の寝心地を、二人で早速確かめる。

「これなら苦しくない？　頭打たないでね」

腹にアケシノを乗せて、ミヨシが見上げる。

「あぁ。……ちょっと待て、お前の足に腰帯が絡んでる」

「とって。そんで、その腰帯こっちに頂戴《ちょうだい》。ここの隙間に入れる。なに探してるの？」

「お前がさっき脱いだ着物」

「あぁ、ここだ。俺の頭の下」

「もらうぞ」

「どうぞ」

大神はメスが巣を作るけど、アケシノとミヨシは二人で巣を作る。

小さくて、可愛くて、三人も入ればぎゅうぎゅうの巣穴を、二人で作る。

とっとと交尾を始めればいいのに、始めたいと思っているのに、こうして巣穴を作るのが楽しくて、幸せで、そうしてじゃれるうちに、唇が重なった。

齧って、噛んで、舐めて、くすぐったくて、二人して声を上げて笑った。

＊

巣穴でごちゃごちゃ、もだもだ、あっちこっちでくんずほぐれつ絡まって、二人で巣作りしながら交尾する。

まどろっこしい、もどかしい。

若さゆえに先走りそうになるのを二人して思い留まり、ミヨシが我を忘れてしまいそうになればアケシノが宥め賺し、アケシノが焦《じ》れて激しく動こうとすればミヨシが耳元で「だめ」と囁《ささや》いて腰砕けにする。

狐と大神がじゃれあって、舐めて、齧って、吸って、押入れの内側に熱気が籠る。

「……っん、ぅ」

眉根を寄せて、アケシノはわずかに首を横にする。

否定を意味するものではない。

腹に入ったオスがあまりにも気持ち良くて、その気持ち良さを受け入れていく速度より快感が上回ってしまい、どうにもできず、そうなってしまうのだ。

くち、にち……。肉と粘膜の繋がる音が、二人の下肢から漏れる。

アケシノはミヨシの上に乗り、ゆるりと腰を使う。

胎に子供がいるから、ゆっくり、ゆっくり。

二人ともそれがまどろっこしいけど、いやだとは思わない。

互いの息遣いが聞こえて、重なって、静かに乱れる。それが心地良い。

これが、愛しいオスの呼吸なのだと分かる。

「痛くない？」

「ん……」

切なげな仕草で、甘ったるく頷く。

たくさん時間をかけて慣らされたせいか、長い時間、ただ繋がるだけを味わっているせいか、痛みはない。

それどころか、自分のなかでオスを食む感触に煽られて、じっくりとそれを味わうことができて、気持ちがいい。

ミヨシにしてみれば生殺しだろうが、アケシノは、自分のなかのミヨシが大きく肥えたり、裏筋をびくびくと痙攣《けいれん》させたり、雁首《かりくび》や亀頭を膨らませていくその変化がたまらなく愛しかった。

ミヨシの形に馴染むにつれ、自分の肉が作り変えられていくのが分かって、心地良かった。

あぁ、俺はこうやって、こいつの特別になっていくのだと、そう思った。

胸が切なく上下して、吐息が漏れるのを我慢できなかった。

「そんなに腰落としたら、奥まで入っちゃうよ」

「……ぁ、？」

「腰」

ふやけた表情のアケシノにミヨシが笑って、引き締まった腰を摑む。

アケシノは股を大きく開いて、限界までオスを咥《くわ》えようとしていた。

「しょうが、なぃ……」

「なにがしょうがないの？」

「咥えた分だけ、きもちいい」

「……っ」

「出していいぞ。……っん、ぁ……っふ、はっ……いっぱい、出てるな」

抜き差しもしていないのに、根元まで嵌めて食い締めてやると、ミヨシがなかで達する。

たくさん、たくさん、出す。

「なんで、そういう煽ることばっかり言うの……」

「まだ出るのか？　すごいな」

先にイかされて悔しそうな顔で射精するミヨシを見下ろし、褒めてやる。

息を詰めて、アケシノの腰を抱く指先に力が入るのが、可愛い。

「……っ、締めないで……っ」

「もう一人、仕込む気か？」

なだらかな曲線を描く己の腹を撫で、アケシノは舌なめずりする。

「子供が生まれたら、覚えてろ」

「はっ、婿殿、頑張れよ」

アケシノは鼻先で笑い飛ばして、ミヨシの唇を噛んだ。

かわいい、かわいい、狐。

アケシノに見下ろされて、悔しいのに気持ちいい顔をしている。

アケシノの腹の居心地がよっぽどいいのかして、種付けしながらまた大きくなっている。

生き物みたいに、アケシノの内側を蹂躙《じゅうりん》していく。

種を付けられている。

この俺が、狐に、そんなことを許してやっている。

そんなに大神の腹は具合がいいか？

上から目線で笑い飛ばしてやりたいのに、脈打つオスの動きに感じてしまい、腰が反る。

喉の奥を詰まらせて、ミヨシの胸に爪を立て、細く赤い筋をいくつも残す。

ミヨシの背中も、胸も、二の腕も、肌を重ねるごとに派手になっていく。

明日は、胸も背中も舐めてやろう。

アケシノはぺろりと舌なめずりした。

＊

「ん、ぁ、ぅ……っ、ぁ、みよ、し……っ、あっ、ンぁっ」

子供が生まれたら覚えてろよ、……なんて甘いこと言ったくせに、こいつ、子供が生まれる前からけっこうな絶倫男ではないか。

アケシノは心中で悪態をつきながら、四つん這いで後ろからミヨシに突き入れられ、喘《あえ》がされていた。

恥骨側を撫で擦るように貫かれ、子袋ごと優しく揺さぶられる。

あまりにも優しくされるものだから、鼻にかかった甘い声がひっきりなしに漏れる。

腰だけを高く上げた格好で、自分の腕に顔を埋めて隠し、首を竦《すく》めて二の腕を噛む。

声を殺そうとしても、顎《あご》も唇もゆるみ、よだれが溢れるのに合わせて、「きもち、ぃ、い……みょ、ひっ……みょし……」と媚《こ》びてしまう。

「おなかのほう覚えた？　じゃあ、次はこっち」

アケシノの背骨を舌先で辿り、ミヨシが意地悪を言う。

尾てい骨に添って突き上げられ、さっきとは声色が変わる。

腹の底から強制的に押し出される声は低く、どろりと重い。

「こっちのほうが弱いんだ」

「……ぉ、ぁ」

へちゃりと腰が砕けて、布団に突っ伏す。

ふー、ふー……と荒い息を吐き、布団に熱が籠る。

その布団からミヨシのにおいがして、息苦しいのに離れられない。

「締まった」

後ろでミヨシが喜ぶ。

尾てい骨を内壁から撫で上げ、直腸の行き止まりを亀頭の先端でなぞられる。

ぞわぞわ、ぞわぞわ、背骨が骨抜きにされていく。

ぎゅっと締まっていた尻の肉がゆるんで、たわむ。

そうすると、もうひとつ奥へミヨシが入ってくる。

「好き勝手、しやがって……っ」

「許してくれてありがと」

「ぉ、っ、……っぁ」

「……っ、きょう、特別、っ……だからなっ」

「今日だけ？　……っと、尻尾が元気」

ミヨシの顔面をぼふぼふ叩く尻尾の照れ隠しもかわいい。

ミヨシはその尻尾の裏側に、頬ずりする。

「尻尾持ち上げんな！　ケツ見んな！」

「見たいんだもん。見せて。ここ、めいっぱい拡《ひろ》がってて、俺のが入ってる分だけお尻の肉が横に流れてさ、すっごくやらしい」

突き上げると尻の肉も揺れて、その下の陰嚢《いんのう》や陰茎も揺れる。

抜き差しすると、会陰《えいん》が盛り上がって、へこんで、お尻の真ん中にはえくぼができて、気持ち良くなると、繋がった場所が、ひくん、とうねる。

粘膜の襞《ひだ》が陰茎にまとわりついて、めくれあがって、薄く伸びて、健気にミヨシに食いついてくる。

「アケシノ……次はここ、覚えて」

「ん、っく」

恥骨側でも、尾てい骨側でもなく、まっすぐ奥。

結腸の窄《すぼ》まりに、他人の熱が触れる。

「みよ、し……おまえっ……これ、狐……っ」

「ごめんもう辛抱できない」

早口で謝って、ミヨシは狐に化ける。

「ば……っ、この……っ、ばか……っ」

質量を増すそれに、アケシノは息を詰め、尻尾でミヨシを叩いた。

「ごめん、っほんと……ごめん……っ、ぜったいに、子袋は大事にするから！」

「まず俺を大事にしろ！」

「してる！　すごいしてる！　痛いこと絶対しないから……っ。うわ……きっつ、すご……、っ結腸のおく、いま、ちょっと入った……？　これ？　ここ？　ここで合ってる？」

「合ってるから！　黙ってやれ！」

気持ちいいのに、笑ってしまう。

「ごめん、笑わないで……めちゃくちゃ気持ち良くて、はしゃいじゃった……ごめん」

「いい、分かってる」

「笑ってるじゃん」

喉を低く震わせて、アケシノが笑っている。

好きな子が笑ってくれると嬉しいけれど、なんだかミヨシはかっこがつかない。

「いいから、ほら……続けろ。悪くないぞ、お前のそれ」

狐の陰茎は大神のそれとよく似ているが、これはこれでなかなかだ。

ヒト型の時よりもずっと立派で、アケシノの下腹が膨れて、子供の数が増えたような重みがある。

精嚢《せいのう》を押されて、精液がとろとろ漏れっぱなしだ。

その昔、シノオから「お前、ミヨシと添う添わぬ関係なく、もし交尾することがあるなら気をつけろよ。あいつら狐は本能で交尾し始めると際限がないし、胎を限界まで膨らましてくるからな」と注意喚起されたことがあった。

その時、アケシノは「それはあのネイエとかいう顔面だけが取り柄の絶倫男が、母上が好きすぎて絶倫なだけでは？」と思ったが、それは言わずにおいた。

でも、あの忠告を受けておいてよかったと思う。

ミヨシもなんだかんだで、本能に忠実な、立派な狐のオスだ。

「もっと奥まで入っていいぞ」

呼吸の継ぎ目に、そう声をかけてやる。

「だめ、っ……だって……これ以上、入れたら……っ」

「っふ……はっ、こんなに腫らしてるのに？　これ以上デカくしたら、あとからその気になっても入れらんねぇぞ。入れとくならいまのうちだからな」

遠慮がちなオスの陰茎を手にとって、奥へ進めてやる。

アケシノの手は大きいほうだが、ミヨシのこれは、それよりももっと太くて、長い。

どくどくと脈打って、アケシノの手が触れただけで、ぐっと固さが増し、張りつめ、指も、掌も、先走りで粘つく。

「……っ、なん、だ？」

交尾の格好から、横向きに寝かされる。

四本の脚で背後から羽交い絞めにされて、また、陰茎が出入りする。

結腸の深くで繋がったが、子袋までは入ってこない。

ミヨシは、狐にこそなっているが理性は手放していないらしい。

後ろ足が、アケシノの腹を優しく支えている。

「苦しくない？　痛くない？」

そう尋ねてアケシノに答えさせる苦労さえかけたくないのか、痛いことも、苦しいことも、なにひとつとしてアケシノに与えず、ちょっとでも楽な体勢を試行錯誤してくれる。

ぬちゃり、にちり。膨らんだ亀頭球が尻の穴に押し当てられ、にちゃにちゃと糸を引く。離れていく時には膠《にかわ》のようにくっついて、ゆっくりと瘤《こぶ》と尻肉が剝がれていく瞬間はむず痒く、下腹がきゅうと切なく締まる。

そうやって加減を見ながら、尻のふちに瘤を潜り込ませ、根元までずっぷり。

ようやくぴったりくっつくと、その質量の分だけ種汁が外へ飛び散る。

精嚢を押し潰されて、とろりと精液が漏れる。

狐の肉球で陰嚢を揉まれ、裏筋に程好い圧をかけられ、雁首や亀頭は特に肉球で撫でられる。

オスとしての機能は有しているから勃《た》ち上がりはするのだが、尻を可愛がられているうちに甘い勃起《ぼっき》になってしまった。

何度か射精もしたから、それでもう勃たないのかもしれない。

やわらかい陰茎ごとボテ腹を撫でられると、じゅわりと前からなにか滲み出る。

大きな狐の手が、胎も、性器も、その向こうにある会陰もひとまとめにして揉みしだく。

「……お、ぁ、ぁー……っ、ぁ、ぁ……」

背をしならせ、喉を仰《の》け反《ぞ》らせた。

ずっと固いままの乳首を見せるように胸を反らし、足の爪先をピンと伸ばして、土踏まずを丸め、小刻みに震えて、絶頂を迎える。

「瘤入れちゃったから、会陰膨らんじゃってるね、ごめん……ちょっと刺激強いかも」

内臓がぜんぶ圧《お》し潰《つぶ》されて、それぞれが腹の中で押し合いへし合いになって、気持ち良さが連鎖的に発生して、共鳴して、また気持ち良さが連なって、終わらない。

「……っあ、ぉっ……あ、ァっ、ぅ、ぁ……ぁ」

「潮いっぱい漏らしてるね」

「く、る……また、っ、ぁ……っあぁ、あっ」

「巣穴、アケシノのにおいでいっぱい。うれしい」

狭い巣穴で、ミヨシが尻尾をぱたぱたさせる。

作ったばかりの巣穴は、ミヨシの種汁とアケシノの噴いた潮でぐっしょりと湿っている。

「でも、これはちょっとカイリと一緒に寝れないね。もういっこ家族用の巣穴作ろうか」

「……ん」

「カイリが帰ってくるまでこうしてていい？」

「…………すきにしろ」

「ありがと」

うるうる、ごろごろ。喉を鳴らしてミヨシが喜ぶ。

尻尾をアケシノの太腿に巻きつけて、そわそわ、もぞもぞ、はしゃぐ。

「尻尾を落ち着かせろ」

「ごめん、でも止まんない」

君を好きなのが止まらないんだ。

ミヨシは、アケシノのうなじを噛んで甘える。

「明日、カイリと散歩に行く約束がある」

「そのおっきいおなか抱えて散歩するの？」

ミヨシの種汁をたっぷり腹に詰めたまま、大事な子供と手を繋いでお散歩。

「やらしい」

「お前、存外スケベだな」

「これからもっとスケベなことしようね」

「はー……もう好きにしろ」

根負けだ。

こんなに気の長い男、見たことない。

「好きにしていいの？」

「お前は特別だからな、許してやる」

最終的には、惚れたほうが負けなのだ。

惚れてしまったら年貢の納め時。

特別好きな子のすることはなんでも許してしまうのだ。

アケシノは観念して、この狐の毎日を特別にしてやることにした。

【6】

「まさかミヨシが一番にお父さんになるとはなぁ……」

そう言ったのは、果たして誰だったか……。

御槌と褒名はおじいちゃんとおばあちゃんになり、御鎚の両親はひいおじいちゃんとひいおばあちゃんになった。

ついでに言うと、シノオもおじいちゃんということになるし、ネイエも義理のおじいちゃんということになる。

……が、全員、見た目が変わらないせいか、カイリは、「……おじいちゃん」と御槌を呼んだものの、「花咲かおじいちゃんのおじいちゃんとちがう……」と戸惑うばかりで、「だよなぁ」と笑う褒名のことも、「おばあちゃん……？　おにいちゃん？」と混乱していた。

日を重ねるごとに、長い年月を慈しむうちに、一人、また一人と子供が増えて、その子の子も増えて、家族がたくさんになった。

どこもかしこも、喜びばかりで満ち溢れている。

御槌と褒名は、変わらず元気に黒屋敷で暮らしているし、信太村を守っている。

ミヨシの兄弟たちも、それぞれ独り立ちしたり、ミヨシと同じように修行へ出たり、まだ小さい子は黒屋敷で暮らしていて、みんなそろって黒と白の狐に愛されている。

ネイエとシノオも、変わらず暮らしている。

近頃、双子はちっとも言うことを聞かないおてんばで、ネイエに叱られるたびに鹿神屋敷へ逃げてくる。

ネイエとシノオの間にできた初めての子供も、無事に生まれた。

元気な男の子だった。

シノオと前後して、アケシノも子供を産んだ。

一人娘だ。

久しぶりの女の子で、御槌と褒名も、ネイエとシノオも、それぞれの兄弟も、お祭り騒ぎになった。

「ぼくのおよめさんに！」

「ぼくの！」

「ちがう！　ぼくの！」

「だめ！　みんなのおよめさん!!」

なんせ、黒屋敷は十七人の男兄弟。

ネイエとシノオのところは四人の男兄弟。

ミヨシとアケシノを抜いた十九人の男衆がみんなして、久しぶりの女の子に首ったけのめろめろになった。

毎日毎日、入れ替わり立ち替わり、貢ぎ物が届いた。

「おにいちゃんはお金に物を言わせるからよくない！　おにいちゃんはお洋服とかお人形とか玩具とかいっぱい買って渡せるのに、ぼくたちまだできない！」

「先に生まれた者の特権だ、諦めろ、弟」

「おにいちゃんに対抗するには、お花だ！　お花を摘もう！　お花しかない！」

「どんぐり！　どんぐりは!?」

「どんぐりは簞笥《たんす》で虫が発生するからだめってお母さんに叱られたからだめだ！」

「かまきりのたまごは!?」

「だめ、おかあさんに叱られる！」

「たんぽぽ！　たんぽぽのわたげ！　ふわふわしてかわいいよ！」

「……………おにいちゃん、今日は金に物を言わせてなに買ってきたの……」

「舶来物のレースのケープと帽子と手袋のセット」

「俺は龍神《りゅうじん》の守護」

「ちなみに俺は琥珀《こはく》と真珠の髪飾り」

……とまぁ、こんな調子で、姪《めい》っ子がかわいすぎるあまり、皆、暴走気味だった。

「兄ちゃんたちも、弟どもも、うるさい。娘は絶対嫁にやらないからね」

ミヨシは、毎日せっせと贈り物を届ける十六匹の狐の求婚を等閑《なおざり》に追い払った。

兄弟は贈り物を届けるだけで、騒ぎもせず、姪っ子の寝顔を見るでもなく、家へ上がるでもなく、「今日も母子ともに元気です」というミヨシの言葉を聞いて、「よし」と頷いて帰る。

ネイエとシノオのところの双子は、生まれたばかりの自分たちの弟と、ミヨシとアケシノの娘の両方が気になるようで、毎日毎日、せっせせっせと山越えをして一日を終えている。

ミヨシとアケシノの娘ばかり可愛いがられて、ネイエとシノオの息子が見向きもされない……という事態には、なっていない。

なんだかんだで、御槌は親友ネイエの息子の誕生を喜んでいる。

褒名は、ミヨシとネイエの両方の家に、等しくお祝いをする。

ネイエに可愛がられて育った黒屋敷の兄弟たちは皆、ネイエの息子の誕生を喜んで、せっせせっせと玩具や洋服、食べ物、いろんなものを運んでいる。

こんなふうに、あちこちが行き来するようになったのは、ミヨシとアケシノがつがいになって、子供が生まれたことがきっかけだ。

すこしずつ、すこしずつ、狐と大神の関係が良いものへと変わってきている証拠だ。

ミヨシとアケシノは、ただただ若さに任せてがむしゃらに生きていただけだったけれど、それがこうして好転作用したのは、望外の喜びだ。

いま、アケシノたち四人は、鹿神屋敷で頑張っている。

子育てが落ち着いたら、新居を建てる。

鹿神山とまかみ岩の中間地点が予定地だ。

「おはよう、いもうとちゃん。おにいちゃんですよ」

アケシノと一緒の布団に眠る妹に、カイリが優しく声をかける。

まるまるとした手で妹の頰を優しく撫でて、口端のよだれを、そぅっとよだれかけで拭ってあげている。

アケシノの床上げは、まだ先だ。

いまは、家のことも、鹿神山とまかみ岩の管理も、すべてミヨシが仕切っている。

これから先、少なくとも百年単位で、この山にヒトの手が入ることはないだろう。

カイリの実父母が、カイリを不幸にすることもないだろう。

「カイリ、寝間着だと風邪ひいちゃうよ。あったかくしよ」

半纏《はんてん》を持ったミヨシが、カイリの肩に羽織らせる。

「いもうとちゃんは？　はんてんいらない？」

ミヨシに袖を通して着せてもらいながら、背後の妹を見ようと、カイリは首をめいっぱい後ろへ曲げている。

「いもうとちゃんはお布団のなかだから大丈夫だよ。隣にあけちゃんもいるしね。心配してくれてありがとう」

ミヨシはカイリを抱きあげ、布団の傍で胡坐をかき、膝にカイリを乗せる。

かわいいかわいい一人娘と、かわいいかわいい一人息子だ。

そして、かわいいかわいいミヨシのお嫁様が、安心しきって眠っている。

「おはよう、あけちゃん」

「ん……くぁ、ぁー……ぉぁよぅ……」

うつらうつらしていたアケシノは、大きな欠伸をする。

ころりと寝返りを打ち、隣に置いてあるミヨシの枕に頭を乗せ、右頬を下にして横向きに体勢を変え、左手を伸ばし、カイリとミヨシの頬をそれぞれ撫でる。

上掛け布団の下では、真っ赤な尻尾をくるりと曲げて、一人娘をあやしている。

鹿神屋敷のお姫様は、もうすぐお目覚めの様子だ。

「朝ご飯できてるけど、食べれそう？」

「あぁ」

「ここで食べる？」

「そうする。……今日の献立は……？」

「枝豆のスープと、あったかいサンドイッチ。根菜のサラダ」

「洋食か」

「食べやすいでしょ？」

「あぁ、助かる」

産後間もないアケシノは、起き上がるのがつらい日もある。そういう時に、横になったままでも簡単に食べられる物はありがたかった。

妊娠してから、美味しいと思えなくなっていたミヨシの手料理が、また、以前のように美味しく食べられるようになった。

すると、ミヨシは、料理も、炊事も、洗濯も、なんでももっと張り切るようになった。

一事が万事、この調子だ。

ミヨシが頼りになりすぎて、しっかり者で、文句のつけどころがない。

アケシノは毎日毎日惚れっぱなしで、困っている。

惚れた腫れた好きだ愛してるだのは、恥ずかしくてなかなか言葉にできないが、ミヨシに家のことや縄張りのことを任せて、頼って、甘えて……、そうすることが心地良くて、安心してここにいられることは伝えている。

こんな俺でも素直になれるのは家族のお陰だと、ふとした瞬間にアケシノは思う。

「ミヨシ、無理するなよ」

「好きな子のお世話できるのは俺だけの特権だよ？　無理してるわけないじゃん」

惚れてしまったら、自分が誰かの特別になれたなら、自分だけの特別な人を見つけられたなら、それは生きるうえでなによりも強い支えとなる。

「頑張りすぎると、息切れする」

「その時は……」

「まぁ、その時は俺が愛して補充してやるか……」

惚れたほうが負けだ。

好きな子が喜ぶなら、それくらい言ってやる。

いま、アケシノはそんな気分だ。

「愛してくれるの？　いまよりもっと？」

「よかったね！　みよし君！」

「うん！」

「カイリ、お前のことも、もっと愛してやるぞ」

「やったねカイリ！」

「うん！」

ミヨシとカイリは、同じような仕草で頷き合って、ぎゅうぎゅう頬ずりし合っている。

「床上げしたら、俺もすこしは料理を覚える」

「俺がお婿入りしたんだから、俺がするよ」

「二人でやったほうが早く済むだろ」

「俺、あけちゃんのそういう優しさがすき」

嬉しい。

愛しい。

「惚れたか？」

「惚れた」

お互いに、惚れさせ合いの毎日だ。

今日は絶対に俺のほうがたくさんこいつを惚れさせると意気込んで、毎日を生きている。

「……カイリ、どうしたの？」

「お布団入るの」

ミヨシの膝から下りて、カイリがアケシノと妹の布団にもぞもぞ潜り込む。

「ほら、しっかり入れ」

アケシノがすこし布団をめくり、カイリを迎え入れる。

「じゃあ、俺も……」

そうしたら、ミヨシも布団に入ってくる。

真ん中に一人息子と一人娘を挟んで、黒狐と赤大神の尻尾でもふもふ守って、くるりと尻尾と尻尾を絡めてひとつの塊になる。

親子四人で川の字になって、暖めあう。

「ミヨシ」

「どうしたの、あけちゃん」

「俺は良い婿殿をもらったな」

「俺は良いお嫁様のところに婿入りしたよ」

「カイリはおとうさんとおかあさんに神隠ししてもらってしあわせ！」

「ぁう！」

三人のあとに、一人娘が耳と尻尾を、ぴょん！　と出して、喃語《なんご》で啼《な》いた。

ちぃちゃな獣の第一声に、家族みんなで大喜びした。

あとがき

こんにちは、鳥舟です。

『魔王狐に、若大神殿のお嫁入り』お手にとってくださりありがとうございます。

今作は、一作目『黒屋敷の若様に、迷狐のお嫁入り』・二作目『はぐれ稲荷に、大神惣領殿のお嫁入り』と続きまして、お嫁入りシリーズ三作目となります。

皆さまのおかげで、ありがたくも三作目を出すことが叶いました。

一作目で蟻の行列を眺め、二作目で黒毛玉と呼ばれていた仔狐すずが、このたび笑顔と弁舌の爽やかな立派な青年へと成長しました。

以下、すこし本編のネタバレが入りますので、ご留意ください。

一作目と二作目は、人間年齢でいうところの二十代以上の恋愛模様だったのですが、今回は十代の二人が主役です。まるで学生のような、もだもだした恋愛です。今回の主役二人は、親世代よりずっと恋愛が下手で、不器用で、世間も世界も狭くて、自分の見ているその狭い場所だけを必死に守ろうとするけど上手にできなくて、好きな人の前でカッコつけたいのに上手くいかなくて……神様だけど、可愛い二人です。

可愛いけれども、神様らしい思考の持ち主で、自分たちの流儀に則って生きて、自分たちの世界を守ろうとしたり、終わらせようとします。そんな二人が、ぎこちないながらも歩み寄って、若さゆえに猪突猛進した、その結果、……また一人、二人、三人と、この、大神と狐の輪の中に新しい仲間が増えます。家族が増えるのは喜ばしいことだ。

いつものお礼になりますが、担当様、今回もお世話になりました。

前作、前々作に引き続き、表紙と挿絵を飾ってくださった香坂あきほ先生、ありがとうございます。文庫サイズの画面に主要キャラ全員が描かれた七枚目のイラストを拝見した時は、「すごい！」と感動いたしました。御槌と褒名に会えて、とても嬉しかったです。

そして、この本を手にとり読んでくださった方、お手紙を送ってくださった方、日々、仲良くしてくれる友人たち、本当にありがとうございます。

次のお嫁入りシリーズがあるなら、御槌の両親の出会い、褒名の両親の出会い、そしてカイリのその後など、書きたいものがたくさんあります。引き続き、お嫁入りシリーズを応援していただけると嬉しいです。どうぞよろしくお願いいたします。

鳥舟あや

本作品は書き下ろしです。

ラルーナ文庫

この本を読んでのご意見・ご感想・ファンレターなどお待ちしております。〒111-0036 東京都台東区松が谷1-4-6-303 株式会社シーラボ「ラルーナ文庫編集部」気付でお送りください。

魔王狐《まおうきつね》に、若大神殿《わかおおかみどの》のお嫁入《よめい》り

2019年7月7日　第1刷発行

著　　者｜鳥舟《とりふね》あや
装丁・DTP｜萩原 七唱
発 行 人｜曺 仁警
発 行 所｜株式会社 シーラボ
〒111-0036　東京都台東区松が谷 1-4-6-303
電話　03-5830-3474／FAX　03-5830-3574
http://lalunabunko.com
発　　売｜株式会社 三交社
〒110-0016　東京都台東区台東 4-20-9　大仙柴田ビル 2 階
電話　03-5826-4424／FAX　03-5826-4425
印刷・製本｜中央精版印刷株式会社

　ISBN978-4-8155-3215-4